ROTATION
PLAN

CHAQUE FEMME EST UN ROMAN

Né en 1965, diplômé de Sciences-politiques, Alexandre Jardin obtient en 1986 le prix du Premier roman pour *Bille en tête*. Deux ans plus tard, *Le Zèbre* est couronné par le prix Femina.

Paru dans Le Livre de Poche :

LE ROMAN DES JARDIN

ALEXANDRE JARDIN

Chaque femme est un roman

ROMAN

GRASSET

© Alexandre Jardin et Éditions Grasset & Fasquelle, 2008.
ISBN : 978-2-253-12672-0 – 1re publication LGF.

À Roma, ma fille capitale.

Deux épisodes de ce roman en liberté sont imaginaires ; naturellement, ce sont les plus sincères.

A. J.

Prologue

Je m'appelle Alexandre et je suis écrivain.

Longtemps je me suis cru l'héritier d'une famille givrée, portée par l'écume du siècle et engagée dans des tournois sentimentaux qui me dépassaient – alors que je suis né de mes rencontres avec d'étourdissantes perturbatrices. Ce sont les femmes, en effet, qui m'ont appris à penser autrement, loin des glissières de sécurité. Les hommes, en revanche, ne sont pas mon genre. Je fuis leurs magistères et me suis toujours allégé de leurs idées trop cadastrées. L'improbable roman de mes apprentissages se confond avec celui de mes rapports avec des filles toquées de liberté. Toutes ont dynamité mes opinions ou fait craquer la tunique de mes réflexes trop sérieux.

Ma mère, la première, réprima mon inclination pour la tranquillité en faisant la guerre à mon fond d'idées stables. *Saute toujours dans le vide, jamais dans le plein*, me répétait-elle souvent. Dans son esprit, cela signifiait torpiller l'idée même du repos. Chaque jour, je devais larguer les amarres, effondrer mes certitudes et, surtout, envisager l'inconcevable. Il ne fallait consentir à rien de fixe et à rien qui manquât de hauteur. Avide de tempéraments de son calibre, je me suis ensuite efforcé de dénicher des filles inclassables et souvent dénuées de ballast moral. Ces faux départs passionnels, à l'ouverture de ma vie, ne furent pas les moins formateurs. Le goût des femmes *différentes*, chez moi, a suppléé une fréquentation de l'université (où je n'ai fait qu'un saut tant je craignais d'y expier mon ignorance). Aujourd'hui encore, je continue à vivre des intérêts de ce pactole de liaisons et d'amitiés avec de robustes luronnes. C'est en faisant à leurs côtés l'expérience de l'inimaginable ou de l'impossible tenté que j'ai appris à apprendre et surtout *à désapprendre*.

Ce livre foutraque est le recueil de leurs préceptes, ou plutôt l'histoire électrique des interrogations qu'elles n'ont cessé d'allumer en moi. Parfois, il me semble que les femmes sont des tremplins vers le fabuleux. De la littérature guérisseuse qui fond dans un même souffle drame futile et comédie sérieuse. Écrivaines pour la plupart non pratiquantes, toutes produisent de la prose intérieure destinée à tromper leurs déceptions et à soigner leurs rêves. Changent-elles de métier, d'amant ou d'opinion ? C'est d'abord une césure, un rebond de style, un chapitre qui se tourne. Adressent-elles une œillade à un passant ? C'est un best-seller qui débute. Depuis mon plus jeune âge, je sais que *chaque femme est un roman*. Voici en quelque sorte mes études littéraires, blondes et brunes.

Ce volume, crucial à mes yeux, a failli ne pas voir le jour ! Il a pris la place d'un brouet de circonstance : un amas de chapitres sans cœur et vides de leçons. Triste cuisine. Pourquoi passe-t-on tant de temps à éluder ce qui nous est essentiel ? Mi-avril 2007, je prends une décision difficile : je brûle l'ouvrage – fabriqué, chargé de brillances et finalement raté – sur lequel je m'échinais depuis plus d'un an. Quel soulagement ! Façon sans doute de me sentir à nouveau fils de ma mère. Ce livre guindé d'effets, orné même, me déclassait à mes propres yeux ; ce qui est peut-être pire encore que d'essuyer l'opprobre public. J'ai longtemps longé mon sujet sans jamais le rencontrer. D'où une impression de prose inhabitée, sans vibration intime. Quand on écrit du bout de la plume, sans s'exposer, on lustre ses phrases. On lifte ses coups. Le style altier est souvent la politesse de l'insuffisance. Je flambe donc ce manuscrit mort-né avec l'espoir que cette taille fera remonter en moi une sève franche. Au fond, j'ai moins été déçu par ce roman glacé que par l'homme déloyal que j'étais devenu en l'écrivant. Je m'y dérobais derrière des mots.

Illico, je préviens ma mère de mon autodafé. Fidèle à son logiciel d'aventurière brevetée, elle me rétorque :

— Bravo mon chéri ! Je n'en attendais pas moins de toi. On devrait toujours flamber ses livres… Je recommande cette ascèse.

— Pourquoi ?

— *Pour ne pas vieillir avant l'heure.* C'est pour cela que je n'ai jamais publié les miens…

— Tu as écrit des romans… toi aussi ?

— Pour les brûler, cinq ou six. Tu vois, il arrive que nous soyons de la même famille…

Curieuse lignée de brûleurs de livres…

Que vais-je écrire à présent ? Désamarré par mon geste et comme déboussolé par la découverte fortuite des mœurs littéraires de ma mère, je prends un billet d'avion pour le cercle arctique, histoire de retrouver mon nord. N'ai-je pas commis cet acte pour recommencer à vivre – et à écrire avec goinfrerie – sur la crête du désir ?

En chemin, je m'arrête à Oslo ; dernière escale aérienne avant les températures fantaisistes. Pour mon anniversaire, j'ai décidé de m'exposer au frisson vivifiant de la mort. À quarante-deux ans, suis-je encore apte à apprivoiser un risque non feint ? Confusément, j'espérais que le péril allait m'enseigner quelque chose.

Somnambulique, je grimpe sur le plus haut tremplin du monde, mythique en Norvège, celui de Holmenkollen. Ascenseur suivi d'une verticale volée de marches, un boyau en ciment qui semble mener vers le cosmos. Altitude : soixante mètres de vide. La piste mince me fait l'effet d'un abattoir, bien que je me regarde comme un skieur rodé et que je sois candidat à tous les nietzschéismes bobos. Skis chaussés, je m'apprête à défoncer ma peur sous un ciel étroit. En apnée, je m'élance : 50, 80, 130 km/h ! Je m'envole, certain de périr. Brièvement, j'imagine ma future nécrologie : « A.J., de la paroisse des faux légers, enclin à se vautrer dans une bonne humeur forcée, composite de puérilité et de vues bizarres, doté d'un rire en coup d'épée, prompt à s'émouvoir en ressentant peu, etc. »

Planant dans le ciel d'Oslo, transformé en bloc de silence, je me suis alors dit que si je survivais à ce bond j'écrirais d'une traite mes « livres nécessaires », ceux que l'on ose pour ses enfants, ces foutus bouquins qui trimbalent l'idée de soi que l'on espère léguer. Et par lesquels on tente de se mettre en règle. Ma priorité ira au plus vital d'entre eux : celui, panoramique et amoureux, qui avoue ce que je dois aux femmes, la cartographie détaillée de mes déraillements. Au diable les ouvrages de diversion ! Tirons des chèques exorbitants de reconnaissance, examinons ces semis de réflexions nés entre deux battements de cœur…

Le stade circulaire de Holmenkollen se rapproche ; véritable arène de béton conçue pour le suicide en public. Cette fois c'est terminé, je vais m'écrabouiller après un vol de cent vingt-sept mètres. Soudain je respire. L'épreuve s'achève sans que je me sois éparpillé façon puzzle : je sors en sueur du simulateur installé sous le tremplin. Pour 190 couronnes locales, il procure l'exacte sensation du sauteur à skis. Une extraordinaire machine à hurler. Ses trompe-l'œil numériques persuadent le quidam de l'imminence de sa mort. La vue du haut du tremplin m'avait dissuadé de tenter physiquement l'exercice. Et puis, un simulateur n'est-il pas un lieu idéal pour donner naissance au leurre d'un roman vrai ?

À l'air libre, je souris en épongeant ma transpiration ; une rosée qui se serait trompée d'heure. Pourquoi ai-je différé l'écriture de cette confession qui me démangeait depuis si longtemps ? Oui je suis heureux de déglutir tant de souvenirs désorientants ; et sur lesquels je n'ai cessé de changer d'avis. Mes plus vifs épisodes de bonheur furent des moments de purge de mes conceptions : à l'école, dans des draps légitimes ou non, au pôle Nord ou ailleurs. Au fond, je ne me sens vivre que lorsqu'une femme saccage mes rengaines. À coups d'éclats de rire, de dégelées affectives ou de saisons foudroyantes. Alors je sens couler dans mes veines les globules instables de ma drôle de mère, ce puissant sémaphore. Sans doute n'ai-je pas connu de plus grande tristesse que celle de ne rien apprendre de certaines relations infécondes. C'est là la vraie misère des escapades sensuelles inoffensives et des amitiés qui ne comptent pas.

On trouvera à peine trace ici des membres féminins de ma famille que j'ai déjà chroniqués ailleurs (Zouzou et le reste de la tribu) ; sauf de ma mère bien entendu. Ce cheptel fut certes riche en professeurs d'intempérance et en testatrices inspirées (ah l'Arquebuse, ma sensuelle grand-mère !) qui furent, joyeusement, les voitures béliers d'idées culottées. Mais je m'aperçois aujourd'hui que j'ai sans doute plus appris adulte que lors de mon jeune temps désarticulé.

Je suis un homme très attentif aux femmes. Surtout à la mienne, celle que je ne parviens pas à épouser et qui a pris sur moi l'empire le plus joyeux qu'on ait jamais exercé. C'est par ce caractère de haute volée que j'ai cessé de piétiner derrière les barbelés du raisonnable. Son joli surnom – Liberté – annonce son tempérament exempt de rabâchages et la hauteur de plafond du personnage ; et puis, c'est dans ses bras que j'ai éprouvé, à la clôture du siècle dernier, ma première sensation de liberté. Quelle fraîcheur soudain dans la canicule de 1999 ! Moitié piémontaise, elle était aussi solaire que les actrices italiennes à crinière qui, adolescent, dépucelèrent mon cœur. Depuis lors, mes demandes en mariage opiniâtres et foldingues ne sont jamais suffisantes à ses yeux pour qu'elle consente à me dire oui. Mais je persévérerai : Liberté est, de tous ceux que je coudoie, l'être humain qui possède la plus grande capacité d'apprentissage. Personne ne m'a mieux interrogé, pris à rebrousse-poil et remanié qu'elle. Par tous les pores de sa beauté, Liberté témoigne de la joie simple d'être capable de changer à tue-tête. En elle, l'inhabituel caresse souvent la drôlerie. Sa visite sur terre n'a pas fini de me faire rire. Hélas, il sera peu question de ses initiatives dans ce roman : sa passion pour le secret et son intense modestie s'accommoderaient mal de mon bavardage.

En revanche, déferleront toutes les incroyables qui furent mes maîtres et en qui j'ai si souvent retrouvé les traits de ma mère. Un zoo humain composé d'institutrices au tempérament d'estrade, de patientes souffrant de troubles neuronaux, de lectrices tracassées par le sublime, d'amantes internationales, d'enseignantes incongrues, de vieilles dames d'exception, d'une naine patriote, d'une muette éloquente... Grâce à ces inespérées, j'ai eu le privilège de rester un mouvement qui ne s'est pas ralenti en m'éloignant de mon jeune âge. Je leur dois la part la moins calcifiée de mon cœur.

La cueillette des souvenirs, sous forme de roman, est un exercice qui suscite parfois des colères. Et des fumets de vendetta. Surtout lorsqu'elle vire à l'hémorragie de sincérité. Qui peut tolérer d'être décrit ? Surtout par un lascar convaincu que l'exactitude masque la vérité. Peut-on ressusciter un être aimé en publiant ses mensurations précises, l'hygrométrie de son haleine et la circonférence de sa vessie ? L'exigence d'authenticité entraîne d'inévitables correctifs, ces retouches qui empêchent le pointillisme historique d'étouffer l'émotion vraie. Question d'honnêteté. L'irréfutabilité des faits n'a jamais créé un atome de véracité. Pour le reste, chacun devine que *la vérité* n'est qu'un puzzle de menteries sur lesquelles tout le monde s'accorde.

Automne 2005. Je viens de publier, avec les ravissements d'un entomologiste, un ouvrage d'une impudeur insoutenable pour ma famille. J'y ai mis la vérité la moins pacifiée de mes quarante ans, espiègle et rieuse. Des escadrons de cousins émouvants m'ont – légitimement – pris en chasse. Naturellement, je hais (très provisoirement, je ne suis pas doué pour l'animosité durable) tous ceux que j'ai hélas offensés par mes croquis légers. Il faut bien détester chez les autres ce que l'on ne réussit pas à exécrer en soi. Fourbu de compliments et d'engueulades claniques, je navigue donc à l'écart de ma mère tant je redoute son jugement. Je ne m'attendais pas à ce qu'elle me distribuât ses aménités ; mais l'heure de la confrontation me terrifie. Je crains une raclée ou, pire, un méchant raccommodage. Un dîner chez elle ? Je me déclare atteint de miasmes et hautement contagieux. Et puis, l'inévitable survient : elle m'appelle frontalement.

— Mon chéri, tu as bien fait d'oser ce livre, lâche-t-elle.

— Tu plaisantes ?

— *Quand on aime les êtres, il ne faut pas les protéger.* Je déteste les familles où l'on se contrôle les uns les autres. La famille, ça doit rester un endroit de liberté, de parole déréglementée. Et d'humour. Ton texte, cette marqueterie d'à-peu-près et d'émotions vraies, est insupportable ; je

n'ai jamais autant appris à t'aimer. Et à me déga-
ger des rares convenances qui me corsetaient
encore. Merci. Je t'embrasse. Continue à vivre le
pied sur l'accélérateur.

J'ai raccroché, foudroyé.

Meurtrie, ma mère me confiait l'essentiel : *elle
continuait à apprendre de la vie*. Même dévastée
par mes accès de sincérité d'auteur, elle tenait à
ce que notre famille demeurât un terrain d'exercice (mouvementé) de la liberté et un lieu d'accélérations émotionnelles. Quel panache !

Rien que pour entendre des mots aussi libéra-
teurs – quand tant de tribus incarcèrent leurs membres dans le mutisme – je ne regrette pas mes pages
indisciplinées. Aurais-je eu sa hauteur d'âme ? Pas
sûr… Comme tous les galapiats donneurs de
leçons, j'ai horreur qu'on m'applique les rigueurs
de mes propres principes. Mais grâce à ma mère, je
sais désormais là où il convient de placer la barre :
ce livre-ci sera aussi un cyclone de vérité. Mais que
les amateurs de commérages aillent s'abreuver ailleurs ; aucun tropisme malsain ne m'orientera vers
les caniveaux. En vidant mes greniers, je n'évente-
rai que de toniques secrets.

Maman m'a dit (1)

1975, j'ai dix ans. De retour d'une virée en
kayak, je déboule dans notre maison de campa-

gne et y trouve les hommes de ma mère occupés à jeter des livres par les fenêtres. La cour est jonchée d'une salade d'ouvrages. Ses amants officiels ainsi que son époux – mon papa – collectent des chefs-d'œuvre déchirés dans une brouette. Un colossal bûcher se prépare ; tandis que des bouteilles de champagne frais passent de main en main. Tous ces livres ont été arrachés de nos étagères avec entrain, sans que ce désherbage soit sélectif. Ma mère a l'air abandonnée. Autour d'elle, il y a soudain comme une détresse. Elle s'avance d'une hanche sur l'autre, craque une allumette et ose enflammer ces quintaux de pages. Souriant, mon père jette sa coupe au cœur du brasier et applaudit. Drôle de geste.

Dans une maison d'écrivains, de bibliophiles fanatiques et d'individualités qui s'épanouissent par la lecture (plus encore que par la pellicule), une transgression aussi forte intrigue ; surtout arrosée de champagne. Interloqué, je pose ma pagaie, m'avance à mon tour et demande à ma mère le motif de ce feu de joie. Fallait-il user de ce combustible ?

— Il ne faut pas garder les mêmes livres toute sa vie, me répond-elle. *On a l'âge de sa bibliothèque.*

— Oui mais quand même…

— Nos étagères vides appelleront d'autres livres.

Ces propos si nets de papivore paradoxal se sont inscrits violemment en moi. Décidément, il y avait déjà quelque chose de merveilleux dans sa manière de voir les choses en 1975. Toute sa vie, ma mère se débarrassa de ses bibliothèques dont elle fit d'excellentes bûches (un bouquin lu, gorgé d'oxygène entre les pages, s'embrase mieux qu'un volume intouché). Son existence – du moins celle que j'ai perçue – fut ponctuée d'auto-dafés de livres (sans oublier les siens), de correspondances jugées périmées, de photos qu'il ne fallait pas laisser jaunir. Cette femme d'ampleur ne brûlait pas les romans pour qu'il y en ait moins dans sa vie mais bien pour qu'il y en eût davantage ! Et d'inattendus ! Des corrosifs contre toutes les bastilles du statu quo ! Aucune pensée lénitive ne stagna jamais à la surface de son esprit. Toujours il y eut de vastes flambées dans sa réflexion ; comme dans ses amours. Ces brasiers couvent encore en moi. J'aspire moi aussi à n'être qu'une bibliothèque provisoire.

La semaine dernière, je suis passé la voir. Il m'a semblé soudain que ma mère avait vieilli : son corps était fatigué au coin du feu et ses livres s'encroûtaient sur ses étagères. Un peu de poussière l'attestait. Une intime lumière la caressait. Je lui ai demandé depuis combien de temps elle n'avait pas incinéré ses bouquins. Elle a soupiré et m'a répondu :

— Tu sais, il faut beaucoup de sang neuf et de foi en l'avenir pour faire cela… Ton père me manque.

J'ai déposé un baiser sur son front et, sans l'en avertir, ai jeté dans la cheminée une brassée de ses livres. Ma mère m'a souri. Soudain, elle avait trente ans. Un instant, elle fut de nouveau une beauté, elle-même, pareille à celle qu'aima mon père assoiffé de présent, incapable de porter une montre*. Alors j'ai balancé en riant une cinquantaine d'ouvrages divers dans les flammes : des Pléiades, de la poésie pluvieuse, des romans en grande santé, des Mémoires prétendument exacts (les plus fallacieux), des piles de fables. Quand elle ne sera plus là, avec qui pourrai-je me livrer à cette ascèse fortifiante ? Qui comprendra mon geste ? Cette fureur désespérée avec laquelle je lutte depuis mon enfance *pour demeurer un livre qui s'écrit et non un roman réimprimé* ?

Maman, insoutenable maman, je t'ai aimée si gaiement.

Oui je te remercie de m'avoir fait si vulnérable, de m'avoir finalement si peu protégé, de m'avoir si souvent exposé à de l'impensable. Et jamais à l'opium sinistre du tempéré. Je t'aime de m'avoir interdit les chemins trop défrichés, de t'être si souvent heurtée aux calfeutrés qui rabotent l'audace et se méfient de la vie. Ta seule constance fut toujours le mouvement. En me canardant de tes folies, tu m'as immunisé contre

---

* Curieux comme ce détail saillant m'a échappé lors de la rédaction du *Zubial*… opus plein d'amour que j'ai consacré à mon père inoubli é.

les attitudes postiches qui plaisent tant aux inquiets. Ça a été très dur d'être ton fils, de brûler sans cesse mes convictions et de déchirer mes chrysalides ; mais par toi j'ai appris à aimer le meilleur des femmes : leur succulente propension à s'arracher à l'immobilisme. Serai-je un jour digne de tes métamorphoses ?

I
Ce que je croyais savoir de l'amour

1 – Le cyclone Victoria

Mai 1983, j'ai dix-huit ans et je révise le bac chez ma mère. Chaque soir, de l'autre côté de la rue, une femme fait l'amour comme on sort de route. Étourdie d'extases athlétiques, allégée de toute pudeur, elle ne songe même pas à tirer ses rideaux pour masquer ses arabesques. En elle, tout est délié, livré, abandonné. Ma concentration n'est pas au maximum (au bac, je décrocherai un petit 11, 5 sur 20 de moyenne !). Dès que je jette un œil dans sa direction à partir de vingt et une heures, j'apprends que certaines filles désirent différemment de celles qui forniquent à feu doux. Cette liberté m'électrise. Elle est blonde, elle est tonique, elle aime l'homme. Alors que moi, aucune tempête érotique ne m'incline à turbuler : que du clapotis génital. Morne début de carrière d'amant. Mes petites amies du moment, à faible coefficient d'audace, n'ont rien à voir avec cette tornade que je baptise Victoria.

Un matin, je décide d'aller goûter à sa vitalité.

Je me poste devant la porte de son immeuble avec un journal. C'était un samedi matin, je crois, juste avant que Noah ne donne une leçon d'enthousiasme à Roland-Garros. L'exode estival des nuages parisiens laissait au-dessus de moi un ciel bleu léger. La blondeur de la fille surgit du hall d'entrée : ses traits diaphanes, que je distingue enfin, m'encouragent. Un assemblage exquis de grâces convaincantes, presque floutées, gages de sensualité. Je suis ce petit Fragonard très réussi et, au marché de la rue Mesnil, l'accoste avec une brassée de fleurs coupées :

— C'est pour vous, de la part d'un homme qui hésite à vous aborder. Il attend dans le café, là-bas. Ridicule, non ?

— En tout cas, les fleurs sont belles.

— Qu'est-ce que je lui dis, au type du café ?

— Qu'il faut toujours oser.

— Pourquoi ?

— Parce que c'est la vie, d'oser.

— Cet homme… c'est moi.

Son sourire s'est suspendu. La jeune femme a éclaté de rire et respiré le bouquet où éclataient trop de couleurs. Les choses furent immédiatement nettes et précises dans nos cœurs. J'avais dix-huit ans, elle presque trente. Le soir même, nous faisions l'amour dans ma piaule de lycéen avec une ferveur cyclonique ; exactement comme je l'avais espéré. Ma mère se trouvait à la campagne ; je disposais de notre appartement. Oublieux de ma réserve, je me sentis soudain le fils du LSD et d'un Dieu du stade. Mais, par gêne sans doute, je me gardai de lui révéler que je l'avais scrutée depuis des semaines. Après l'amour, je suis allé prendre l'air tiède sur le balcon tandis que ma maîtresse lambinait dans mes draps. Le crépuscule traînait. C'est alors que j'ai vu, de l'autre côté de la rue, la véritable Victoria qui copulait. Inapaisée, elle déployait la frénésie sexuelle que je lui avais toujours connue. La jeune femme que j'avais accostée au marché, et qui se trouvait dans mon lit, n'était pas la bonne. J'en suis resté tremblant.

Ce choc m'a appris qu'en amour, la liberté de l'autre est induite par notre propre regard. C'était bien *l'idée que je m'étais faite de cette amante* qui avait permis cette envolée. On n'aime que celle que l'on tient à voir. Merci merveilleuse Victoria – que je ne connaîtrai jamais ! – pour cette leçon que je n'ai pas oubliée, et qui continue de me faire douter de mes suppositions. Nous sommes si souvent les auteurs de la conduite de l'autre.

2 – *Les femmes d'à côté*

Dizzy, mon éditeur à exemplaire unique, est aussi un maître ès femmes extrêmes. Cet amplificateur de tout ne peut s'empêcher d'aimer sur un diapason élevé. On comprend que François Truffaut fût de ses intimes ; et sans doute l'un de ses

miroirs les plus intègres. Un jour que le réalisateur s'inquiétait de connaître l'identité de son
véritable père, Dizzy lui suggéra d'avoir recours
à l'agence de détectives privés Duluc ; celle-là
même dont il est question dans son film *Baisers
volés*. Leur publicité trône d'ailleurs toujours à
l'embouchure de la rue du Louvre, à Paris.

Emballé par cette idée stimulante, Truffaut
copia aussitôt sa fiction, contacta l'agence Duluc
et retrouva ainsi la trace d'un certain Monsieur
Lévy, son géniteur, dentiste à Besançon. Dizzy fit
partie du voyage avec Truffaut. Dans la rue, le réalisateur suivit incognito ce Monsieur Lévy mais ne
l'aborda pas : amer, il s'en tint à la fable que lui
avait racontée sa mère sur ses origines. Quelques
mois plus tard, il (en) mourut. Sa tumeur au cerveau fut sans doute son meilleur alibi.

Très ébranlé par cette issue, Dizzy loua les services de l'agence Duluc afin de mieux connaître
la vie réelle de sa compagne de l'époque : une
jolie dinde à qui il prêtait des vices fastueux. Il
l'espérait composée de mystères à forte déflagra-
tion. Rêvait-il aussi de reprendre du désir pour
elle parce qu'elle ferait la moitié d'un couple
clandestin ? Sans doute entendait-il perpétuer
ainsi sa fidélité à son ami cinéaste. L'affaire
tourna au vinaigre, au point que Dizzy renonça
longtemps à évoquer cette histoire qui le déçut ;
mais cet étrange jeu de poupées russes me frappa.

Fasciné, j'eus donc recours, moi aussi, à
l'agence de détectives tout droit sortie d'un film

de Truffaut. J'entendais découvrir à mon tour les réalités de ma compagne. Pas parce que je la soupçonnais de siester avec d'autres : par pure curiosité passionnelle. Et aussi, sans doute, avec l'espoir que la réalité dépasserait l'idée (déjà luxueuse !) que je me fais d'elle.

Je fus servi.

Huit jours plus tard, j'obtins un premier rapport de l'agence Duluc : Liberté ne menait pas du tout la vie qu'elle me racontait ! Ses propos rassurants et la réalité poivrée de ses virées dans le Paris populeux ne coïncidaient en rien. J'en restai abasourdi et… bizarrement émoustillé, je l'avoue. À la vérité, j'ose à peine le confesser, cet ahurissant décalage me rendit plus amoureux d'elle que je ne l'avais jamais été. J'augmentai les émoluments de l'agence Duluc : chiffonné de jalousie, je voulais tout connaître des doubles-fonds de l'existence diversifiée de Liberté. Et obtenir des clichés détaillés de celles et surtout de ceux qu'elle fréquentait.

On me les apporta aussitôt.

J'eus le souffle coupé, avant de comprendre que mon cher détective avait commis une méprise : il suivait depuis des jours et des nuits la voisine du dessous de mon immeuble, une magistrate dégourdie de la cour de cassation. J'en restai aussi médusé que le soir où, à dix-huit ans, j'avais constaté que la véritable Victoria forniquait toujours de l'autre côté de la rue. Il avait suffi qu'un mystère vînt épicer l'idée que je me faisais de ma femme (non mariée) pour que ma passion se revigore. Je dois à cette voisine du dessous, avide de cajoleries plurielles, de m'avoir fait sentir combien je suis l'auteur de mes sentiments. *Aimons-nous des êtres réels ou bien l'opinion que nous nous faisons d'eux ?*

Cette question est de celles que je n'en finis pas de méditer. Qui peut y répondre sans trouble ?

Lorsque je révélai toute cette histoire à Liberté, elle s'en trouva flattée. Une fille banale s'en serait offusquée. Les femmes de grande qualité ne dédaignent pas d'être scrutées avec passion ; même si, pour la forme, ma Liberté feignit de s'en agacer. Françoise, mon ancienne éditrice, ingénieur en chef de mon âme pendant sept ans, en aurait raffolé. Cette grande dépanneuse des auteurs en rade ne tolérait que *les compagnes dont les auteurs se font une idée stimulante*, celles qui dispensent des rêves à l'emporte-pièce et des doutes sur tout. Les autres n'avaient droit qu'à son scepticisme. Dieu, qu'il est vivifiant d'aimer sa femme d'un cœur purifié de tout passé !

3 – *L'université du noir*

Longtemps, j'ai idéalisé la mère de mes trois fils pour mieux m'idéaliser moi-même. À cette époque, gavé de rêveries, je ne pouvais vivre que sur les points culminants. L'amour céleste que je

lui ai infligé pendant quinze années eut ce défaut-
là, sournois et terrible. Libérée de ses sentiments
fétides et de sa part de petitesse, elle devint ainsi
l'épouse d'un jeune écrivain exonéré de noir-
ceurs. Chaque matin, j'apercevais dans mon
miroir un homme qui échappait à ses rancœurs
comprimées. L'attitude noble me venait spontanément. Comment aurais-je pu abriter la moindre vilenie au bras d'une fille pareille, sujette à
l'ivresse du bien ? Elle et moi avions assez d'âme
pure pour croire en ce pacte muet. L'addiction au
mythe vient vite. De concert, nous visions désespérément haut, flottant toujours dans un songe
ensoleillé dont je tirais des romans vides d'émotions sombres.

Des millions de gens, sans doute aussi blessés
que moi, lisaient avec appétence ces textes
comme on use de sédatifs légers. On m'a même
rapporté qu'à Beyrouth, dans le tohu-bohu des
bombes, il s'est trouvé des lectrices pour renouer
par mes romans avec une vision optimiste de la
vie. C'est ainsi que j'ai longtemps été une jeune
pousse réputée romantique ; ce qui, à l'époque,
passait dans certains milieux littéraires, avides
d'air vicié et de prose poisseuse, pour une mauvaise réputation. Ou du moins pour une marque
de balourdise. En écrivant ainsi, toujours accroché aux cimes, je tâchais désespérément de guérir
ma ferveur déçue.

Et puis un jour, la mère de mes garçons m'a
posé une question coupante (s'en souvient-elle

seulement ?), alors que nous marchions à l'autre bout du monde dans un paysage idéal :

— *Alexandre, sommes-nous ce que nous paraissons ?*

Poser la question, c'était y répondre. Éperonnée d'un vif appétit de vérité, elle aspirait alors, je le suppose, à plus d'authenticité et à redescendre des sommets où je l'avais placée. Mimer la perfection, ça use. Notre histoire, asphyxiée de pétrarquisme, ne pouvait plus durer.

Pendant les cinq années fraîches qui ont suivi notre rupture, nous avons dépensé de manière effrénée tous les sentiments imbuvables, âpres et revanchards que nous avions mis de côté pendant quinze ans. En n'oubliant pas les plus toxiques, ceux qui se fardent des apparences de la candeur. Quelle ingéniosité dans l'art de nous décevoir mutuellement ! *Quand des gens bien expérimentent le mal, c'est sans fond.* Ce que j'ai traversé alors, aux frontières de l'irrespirable, aucune lectrice d'Alexandre Jardin n'aurait pu le soupçonner. Brusquement, je suis sorti de ma chrysalide rose. Ce rééquilibrage – dénué du moindre humour – fut inespéré. Quelle université du noir ! Je dois à cette inattendue de m'avoir, finalement, rendu plus complet. En lui prêtant mes plus redoutables facettes, sans doute lui ai-je permis de voir en moi les siennes. Tout homme devrait un jour rencontrer le visage qui lui fera connaître la face inavouée de son caractère.

Je la remercie pour les deux voyages.

Un jour, je le sais, nous nous rendrons notre estime.

Puis viendra le temps des fous rires…

4 – Les dames du Lutetia

Aujourd'hui encore, je reste chiffonné par ce qu'un vieux fripon de mes amis, colossal ministre de la Ve République, me révéla un matin sur les attentes de l'autre sexe. Avant de devenir un homme d'État de joli format, il s'était essayé en tant que gigolo ; mais d'une sorte fabuleuse : chacune de ses prestations était agrémentée de surprises scénarisées avec dinguerie. Étudiant en droit, mon ami se livrait à cette activité récréative afin de faire subventionner son cursus par des compagnes exigeantes, mais aussi par goût de l'aventure. Vivre avec parcimonie lui a toujours été intolérable. Sans doute est-ce par là que nos caractères peu tamisés se sont accrochés.

À l'époque, cet homme de qualité – grand-croix de la Légion d'honneur – avait mis au point une tarification très particulière. Le prix de ses services érotiques doublait si ses clientes fortunées s'offraient l'option « En plus je vous aimerai avec sincérité ». Les dames fortunées et avides de rêveries qu'il racolait au bar de l'Hôtel Lutetia voyaient bien l'étrangeté de sa proposition (peut-on acheter un sentiment sincère ? Ordonne-t-on la spontanéité ?) mais, alléchées par cette promesse, elles étaient fort nombreuses à opter pour ce double tarif.

Mon vieil ami m'assura qu'il mettait alors un point d'honneur à exécuter son contrat : « J'étais excellent ! Je me conditionnais et les aimais effectivement. Mes baisers avaient le parfum de la plus parfaite authenticité. » Mais à chaque fois les choses s'envenimaient. Ses clientes, démangées d'interrogations, reconnaissaient que ses émois étaient joués avec talent mais s'irritaient qu'ils demeurassent contrefaits ; au point de s'encolérer de manière quasi systématique. Avisé, le futur ministre jugea prudent de renoncer à cette option onéreuse qui, au final, le fâchait avec ses habituées. *Elles préféraient être certaines que son enthousiasme était simulé plutôt que de douter de sa sincérité.* « Au fond, me confia-t-il en tirant sur son cigare, le paradoxe de mon option les stressait ! »

Sur ces mots définitifs, mon ami éteignit son havane et partit rejoindre le Conseil des ministres avec des manières de prince abbé d'une République vertueuse. Par ricochet, ses clientes – que je remercie au passage – m'ont appris que si les femmes aspirent volontiers à être aimées *comme dans les livres*, elles ne veulent en aucun cas que les sentiments *soient du roman*. L'authenticité doit toujours poindre dans le songe.

Instruit par ces dames du Lutetia, je me suis un jour débarrassé d'une maîtresse de rencontre, en lui déclarant : « Je ne t'aime plus. Mais sois tranquille, je reste avec toi. Tout dans ma conduite témoignera d'une passion apparemment sincère. Je suis prêt à mimer le parfait amour, à dissimuler ma fausseté et à feindre la plus totale authenticité. » Dix minutes plus tard, j'étais quitté, ce que je souhaitais. Soucieux de reluire auprès du sexe adverse, je n'ai jamais aimé passer pour un vandale de la rupture...

5 – La méthode David

Le plus efficace séducteur d'Europe que je connaisse – mon ami David, inapte à l'insuccès et pressé de dévorer Paris par les femmes – me révéla son « truc » à l'automne 1981. Et Dieu sait que cet animal scintillant en a expérimenté, en descellant sa conduite du socle de la morale courante. J'étais en classe de première, bouillonnant d'hormones mais incapable de culbuter mes contemporaines : ma timidité me ligotait et me condamnait alors à une étouffante indécision, malgré les conseils tout feu tout flammes de l'Arquebuse, ma voluptueuse grand-mère. David, lui, lâché dans le jardin du Luxembourg pendant dix brèves minutes, revenait les mains chargées de numéros de téléphone, accablé de rendez-vous. La juponnaille le talonnait encore, pressée d'être empaumée. Depuis sa naissance, ce routier de l'exceptionnel – émule vibrionnant de Julien Sorel – est fâché avec l'idée que la vie puisse être décevante. Tout lui est prétexte à triomphes. Les créatures les plus réservées abondaient donc dans son sillage, désireuses de fracturer avec lui leur bienséance.

— Comment fais-tu ?

La réponse de David m'a laissé perplexe :

— Je te le dirai si tu t'engages à le faire aussi-tôt, même si ça te semble impossible. Réfléchis jusqu'à demain. Soit tu me dis *oui* et tu appli-ques sur-le-champ ce que je te révélerai, soit tu me dis *non* et alors tu t'engages à ne plus jamais me poser cette question.

— Et si après que tu m'aies avoué ton truc je ne le faisais pas ?

— Je te jure que pendant sept ans je baiserai toutes les filles que tu aimeras, à la loyale donc. Réfléchis bien à ce marché.

J'ai pris la menace au sérieux car les plantes raflées par le râteau de cet emballeur étaient nombreuses… Quel herbier diversifié ! Il avait saccagé tant de vertus. Toute la nuit, j'ai hésité, sans flairer que l'alternative que David me propo-sait avait de fortes chances – si je lui disais oui – de me guérir de ma timidité. Il n'avait procédé de la sorte, en déployant cette astuce, que parce que j'étais son ami ; pour m'aider à goûter (enfin !) aux joies vénériennes.

Le lendemain matin, j'ai accepté qu'il me dévoile sa méthode… déconcertante de simplicité. David se dirigeait avec décontraction vers les jolies filles en aubaine et leur servait systématiquement la même idée sur un ton feutré, souriant et délicat :

— Bonjour. Je te trouve très belle mais je tiens à ce que tu continues à faire comme si je te trouvais quelconque. Excuse-moi mais je suis très timide. Fais comme si je n'existais pas… Merci de m'obéir ! Oui, je dis bien *de m'obéir*.

Immanquablement, les filles revenaient vers lui à un moment ou à un autre dans un état de grande nervosité. D'une part, elles ne voyaient pas comment un timide authentique pouvait déclarer une chose pareille. D'autre part, en persistant à l'ignorer elles lui obéissaient ; or il est très énervant de céder à un insolent qui se permet de vous asséner des ordres ! Ficelées de paradoxes, ses proies avaient du mal à le négliger. Et comme il ne manquait pas de séductions annexes…

Parfois, David relançait avec malignité les bénéficiaires de ses manèges, dans les jardins publics ou au lycée, en les remerciant de persister à l'ignorer ; ou alors il les informait qu'il ferait désormais son possible pour que leurs regards ne se croisent plus. Manière de les serrer de près et de massacrer leurs défenses. Dès qu'elles le revoyaient (car il reparaissait toujours), cet épervier s'appliquait alors à ne surtout pas les regarder, leur donnant ainsi l'impression d'être surveillées tout en leur ôtant la possibilité de s'en indigner. Peut-on se plaindre de harcèlement de la part d'un garçon qui vous évite avec soin ? Pourtant, c'était bien à cela qu'il se livrait tout en affirmant haut et fort le contraire. Tôt ou tard, à force de s'interroger sur sa conduite et de solliciter son attention, les malheureuses finissaient par entrer en contact avec lui.

J'ai appliqué sur-le-champ la méthode David, puis pendant ma saison d'études britanniques et sous des latitudes moins tempérées : eh bien, elle dédommage de toutes les vexations que j'ai pu essuyer autrefois ! Certes, mon ratio de triomphe ne flirta jamais avec le sien ; mais, compte tenu de mes compétences fragmentaires, ce n'était déjà pas si mal... Par la suite, David a continué à suborner des créatures à tour de bras – les annales féminines de Paris en résonnent encore – avant de se fixer ; puis cet artilleur verbal est naturellement devenu avocat qui gagne. Ses mots étourdissent aujourd'hui des juges et des jurys. Sa vitalité amoureuse a trouvé d'autres débouchés : elle s'est convertie en ivresse professionnelle et en monogamie aussi amusante qu'inattendue. Trop intelligent pour commettre la balourdise de convaincre, il s'arrange désormais pour que ses interlocuteurs se persuadent eux-mêmes. David crée au pas de charge des hasards qui ont l'air spontanés et dont il sait tirer profit. Le caractère de son culot est d'être toujours médité. Quand nous rions ensemble, je me crois invincible.

Mais à quoi tant de science du paradoxe m'aurait servi si je n'en avais pas fait usage pour

tenter d'épouser (enfin) ma femme ? Aussi difficile à marier que ma propre mère ; cette incorrigible des années soixante qui eut, allez savoir
pourquoi, la cuisse parfois légère mais l'annulaire
toujours rétif.

6 – *Ma non-demande en mariage*

Liberté m'avait déjà éconduit quatre fois en
badinant (alors que j'avais déployé d'extrava-
gants et très charmants procédés, onéreux en
temps de préparation et en devises tropicales)
lorsque je convins qu'il fallait tenter de m'y prendre de manière inverse, « à la David ». La chan-
son de Brassens – sa fameuse *non-demande en
mariage* – m'y avait également incité. Que ris-
quais-je ? Dans le pire des cas, la femme de mes
plus beaux réveils resterait obstinément fidèle à
son prénom…

Un dimanche matin lumineux, oublieux de
l'hiver, tandis que cette dormeuse me démontrait
ses capacités, je me réveillai et allumai un feu
dans l'âtre de notre salon. Puis, fébrile, j'étalai sur
la table la plus formidable robe de mariée que
j'eus jamais vue, une pièce d'exception que j'avais
fait tailler par Yves Saint Laurent soi-même (avec
l'aide de Pierre Bergé que je remercie au passage) : un chef-d'œuvre neigeux hors de toute
estimation, une sonate de taffetas, un dessin vif

que Picasso n'eût pas renié. Je n'avais pu dénicher plus éclatant pour plaire à son inquiète
coquetterie. Le voile, lui, était constitué de papier
vélin plus fin qu'un tulle chinois, un papier prodigieusement translucide sur lequel j'avais fait
imprimer la première lettre d'amour que je lui
avais adressée sept ans auparavant. Pouvais-je
faire moins pour Liberté ? Mon père, friand
d'improvisation, avait bien épousé ma mère dans
une nappe blanche retaillée à la hâte par Coco
Chanel en 1964.

Liberté se réveilla, pénétra dans le salon et vit
ce que j'avais disposé.

— Qu'est-ce que c'est ? s'étonna-t-elle en bâil-
lant.

— Saint Laurent, Yves, l'a réalisée pour toi.

— Le vrai ?

— Le seul.

Silence de stupéfaction.

— Et ce texte ? a-t-elle ajouté.

— C'est ma déclaration, sur un papier inventé
pour toi.

— Alexandre… a-t-elle soupiré, navrée.

— Mais rassure-toi, ai-je tout de suite coupé,
je ne te demande pas en mariage. Au contraire !
Je voulais seulement que tu voies la robe que je
dissimule depuis des années, au cas où, ainsi que
son voile rare, *avant que je ne les détruise…*

— … les détruire ?

— Oui, j'ai changé d'avis.

Alerte, j'ai pris la robe sans prix, ai fait une boule compacte de cette pièce unique et l'ai brusquement jetée dans la cheminée ; puis le voile a suivi, sans que Liberté ait eu la possibilité de s'interposer. Oui, vous m'avez bien lu (et je m'en excuse ici auprès de Pierre Bergé !). L'incinération de ces deux perfections dura moins de sept secondes. Les pupilles de Liberté se dilatèrent en moins de temps encore.

— Tu es complètement fou ! s'est-elle alors écriée.

— Pourquoi ? Nous ne voulons plus nous marier, n'est-ce pas ?

— Tu es aussi dingue que ta mère avec ses feux de livres. Vous brûlez tout !

— Mais où est le problème ? ai-je répliqué le sourire aux lèvres. Je te répète que je suis prêt à faire ma non-demande en mariage : *mon amour, veux-tu ne pas m'accorder ta main et rester ma maîtresse jusqu'à ce que mort s'ensuive ?*

Profitant de l'émotion vive suscitée par l'embrasement du voile et de la robe, j'adressai dans la foulée à Liberté une non-déclaration tonitruante qui démontrait la vigueur de ma conversion à l'union libre. Naturellement, plus j'affirmais être guéri de mon rêve nuptial plus je la voyais marquer une irritation qu'elle maîtrisait mal. Habituée à la posture valorisante de celle qui refuse sa main, Liberté semblait soudain très inquiète que j'exalte ainsi les charmes de la non-appartenance à l'autre. Au fond, elle voulait bien se dérober toujours *à condition que je persiste à la demander en mariage !* En menant cette guerre de mouvements incendiaire, j'étais parvenu à désorganiser son système de défense. Tout en implantant violemment en elle le regret de l'époque où, fanatique d'engagement, je rêvais de la mettre à mon nom.

La main de Liberté ne valait-elle pas de carboniser un chef-d'œuvre ?

— Comment as-tu obtenu que Saint Laurent la fasse lui-même ? a-t-elle enfin murmuré en fixant les cendres dans la cheminée.

— De manière miraculeuse. C'est bien un minimum, non ?

— Il reste un dessin ? Une photo ?

— Je ne crois pas, mais à quoi bon ? Ce modèle était fait pour toi seule et nous n'en avons plus besoin. N'est-ce pas ?

— Oui, oui… soupira-t-elle.

En une flambée, j'étais parvenu à plonger Liberté dans une humeur nuptiale. À la fin de la journée – tout entière dédiée à ma lancinante supplique *de ne pas être épousé* et à mon exaltation toute neuve du non-mariage – j'avais quasiment gagné. Liberté n'avait certes pas réclamé ma main mais la question de nos épousailles se posait désormais sous un jour nouveau ; alors que j'avais déjà été débouté quatre fois de mes prétentions ! Ses copines, outrées, me harcelèrent de coups de fil pour me traiter de barjo et de pervers pyromane ; c'est donc qu'elle leur avait parlé sans

délai. Un jour, je le sais, je parviendrai à mes fins.
À condition d'agir au rebours de toute logique ;
car le contre-pied demeurera éternellement celle
du cœur. Déplorons-le, mais ne l'oublions
jamais… Un corps n'attire que s'il échappe.
« Oignez, elle vous poindra ; poignez, elle vous
oindra », vieux proverbe médiéval… Mon ami
David me l'a suffisamment répété.

Et si l'inverse était également vrai ?

7 – *Une femme peut en cacher une autre*

Jeune homme, j'assiste à un grand dîner solen-
nel à l'opéra de Genève où bâillent des membres
du gouvernement helvétique. Présences fort peu
stellaires. La soirée moribonde s'étire et m'indif-
fère ; à l'exception de mon voisin, grand reporter
qui remplit ses jours d'aventures, et du physique
d'une enthousiaste qui me fait face, filiation
Greta Garbo (en moins capitonnée). Des pupilles
de mercure. Elle me regarde de tout son corps.
Alice parle en riant et s'esclaffe tant qu'elle semble siffler un champagne plus pétillant que le
nôtre. Son mari est conseiller fédéral, un brin
réfrigérant. Tout en elle permet de croire à la joie
et peut-être au bonheur léger : cette beauté ani-
male et gouailleuse sait appartenir aux circonstances. De souche calviniste, elle est pourtant
rayonnante de paganisme sensuel. Je n'avais

jusqu'alors rencontré que des femmes à prendre ; aucune croqueuse maîtrisant la technique
de l'abordage. Soudain, Alice se penche vers moi
et, disposée à m'ingurgiter, me chuchote crâne-
ment :

— Si nous partions d'ici avant le dessert ?

— Et votre mari ? ai-je fait observer.

— Tenons-le pour un emploi fictif.

L'impensable s'est alors produit. Et ce fut dans
mon esprit plus que dans mon cœur une forme de
révolution : je me suis soudain pris pour l'un de
mes personnages ! Nous nous sommes levés gaiement devant la meilleure société genevoise et son
officiel de mari occupé à bavasser bric-à-brac
boursier et changes flottants. Puis nous sommes
partis en cavalant dans le grand escalier, certains
que notre dessert serait meilleur que celui servi à
cette table lugubre. Il le fut ; car cette consomma-
tion hâtive eut le goût vif de la licence inopinée.
Et puis, Alice avait une manière *animalesque* de
faire monter la température des corps. Elle fut en
effet éduquée en Asie en compagnie de bébés
gorilles. Son père avait été longtemps soigneur du
zoo mythique de Singapour. D'où certaines vora-
cités charnelles que l'on pourrait qualifier de bes-
tiales (sans goujaterie aucune). Ce soir-là, loin des
resserrements de la pudeur, j'ai su par elle qu'il
m'était possible d'aimer réellement comme dans
mes romans. En payant le bonheur cash, d'un
peu de liberté sonnante.

Mais l'affaire n'en resta pas là.

En raccompagnant Alice chez elle, nous évo-
quâmes des tranches de notre passé presque
commun, à Paris, dans le quartier cossu de la
place Victor-Hugo. Je compris alors – avec la
plus complète stupéfaction – qu'il y avait une
forte probabilité pour que cette femme de douze
ans mon aînée fût… la véritable Victoria de la rue
Mesnil ! Celle-là même avec qui j'avais cru faire
l'amour à dix-huit ans lors de mes révisions du
bac. Les ardeurs copulatoires de cette Suissesse
élevée dans les arbres n'avaient pas fléchi.

Les femmes d'Europe ne sont jamais celles que
l'on croit.

Bizarrement, j'en ai été effrayé dès le lendemain matin ; cela semblait si facile de devenir l'un
de mes héros ! À m'en donner le vertige. Alarmé,
j'ai préféré rester une coucherie collatérale.
D'autant plus que, saisi par le trouble, je m'étais
doublement trompé : le mari de cette femme un
peu gorille (spirituellement) n'était pas le conseiller fédéral disert devant lequel j'étais passé mais
mon voisin de table, reporter très estimable avec
qui j'avais sympathisé. Et il me déplaisait de tra-
hir ce baroudeur de qualité.

Mais l'idée d'aimer effectivement comme dans
les livres, elle, ne m'a jamais quitté (les miens,
synonymes de joie de vivre, pas les culs-de-sac
écrits par les maudits officiels qui sentent l'uri-
noir, le prépuce mal lavé et l'esthétique du rica-
nement). D'où, chez moi, une affection un peu
particulière pour le drapeau suisse : j'y vois le

symbole non du chocolat au lait des Alpes mais
de la réconciliation entre nos désirs les plus inac-
crochables et la réalité.

8 – *Le viagra spirituel*

Bérénice jouit du talent de savoir aimer avec vir-
tuosité ; à un point presque agaçant tant ses initiatives frisent la perfection. Nous nous sommes
connus par l'inoubliable Zouzou, pilier de notre
famille qui fut jadis le dernier amour d'un certain
nombre des miens. Comment ne pas jalouser
l'époux veinard de cette Bérénice ? Ses yeux pétil-
lants d'esprit et l'effigie impeccable de son profil
sont presque aussi captivants que ceux de ma
Liberté.

Flic de talent, Bérénice s'est longtemps spécia-
lisée dans les meurtres de journalistes en vue ;
mais quand elle parle à orgueil découvert, elle
évoque plus ses ambitions d'épouse que sa carrière de comète au Quai des Orfèvres. Le couple
plein de fous rires et de tourniquets sensuels
qu'elle invente depuis tant de saisons avec Paul
est de ces énigmes qui fascinent : eux n'ont pas
divorcé. Le piège de l'inattention et du sérieux ne
s'est jamais refermé sur leur histoire qui ne sent ni
la ferveur retombée ni le simulacre d'un mariage
postiche. Vivre à couteaux rentrés ? Pas leur style
non plus.

Tout cela, je le sais de source sûre. Bérénice, Paul et moi sommes clients de la même agence bancaire. Anne-Sophie, notre guichetière commune – elle gère les comptes de ma famille depuis mon douzième anniversaire –, me transmet de temps à autre des copies de leurs relevés de carte bleue, en douce, histoire de suivre à la trace leurs tribulations. Cet exercice m'enchante depuis des années : je rêve devant ces écritures financières qui mouchardent les détails de leur odyssée conjugale dont l'aliment n'est pas encore le souvenir.

Et puis un soir de janvier 2003, Paul est rentré et a annoncé l'impensable à Bérénice, une nouvelle que dix années de bonheur pétillant ne pouvaient laisser présager :

— J'ignorais que ce qui arrive était possible : je t'aime Bérénice, je suis totalement comblé par toi mais je te quitte. Je suis tombé amoureux ailleurs, d'une fille bourrée de défauts, grave et pas très jolie. Une Antigone de night-club, pleine de simagrées mondaines. C'est plus fort que moi. Je pars dès ce soir de la maison.

— Non Paul, a répondu Bérénice, c'est moi qui m'en vais parce que tu aimes cet appartement. Fais venir cette femme ici et garde aussi notre maison à la campagne, tu l'adores. Vis ce que tu dois vivre mon chéri… Riez bien.

Sans bruits, sans cris, capable de la plus grande habileté, celle de n'en avoir aucune, Bérénice a fait son balluchon et a débarqué chez nous

démantibulée. Je revois encore son ovale de
madone figé de panique. Je suis resté ébaubi par
son récit qui, à mes yeux d'homme possessif, rele-
vait du conte. Comment avait-elle pu réagir de
façon aussi paradoxale ? En ouvrant en grand les
bras quand tout le monde les referme ?

— Tu lui as vraiment dit ça ? Comme ça !

— Oui.

— Mais c'est impossible à dire, ça n'arrive que
dans les bouquins de mon homme ! s'est excla-
mée Liberté. Surtout pour une tragédienne de
night-club !

— Sans doute.

— Tu te sens bien ?

— Non…

— Qu'est-ce que tu vas faire ?

— L'aimer à ma façon. Je crois qu'il est… distrait de lui-même.

— Et pour vivre ?

— Mais je ne vis plus.

Pendant deux mois, Bérénice a dormi chez
nous en sortant du Quai des Orfèvres ; ou plutôt
pleuré chez nous. Vidée de tout humour, elle y
consumait sa détresse en travaux d'aiguille.
Tandis que Paul caracolait le cœur en liberté.
Bérénice ne fut plus alors que dissonances avec la
vie et apothéose de tristesse. Quand on est heureuse en tandem et que l'on a initié une telle
débauche d'initiatives érotiques, peut-on imaginer semblable embardée ? Paul n'a rien su de
l'exceptionnel calvaire de Bérénice. Le dimanche,

cette athée militante allait même en forêt de Fontainebleau à la croisée de larges chemins qui forment transept et nef d'une cathédrale sylvestre, dans une ombre fastueuse, pour y prier. Et puis un matin, guéri de son coup de démence, Paul est venu reprendre Bérénice (et refaire compte commun).

Pendant deux mois, auprès d'elle, j'ai douté que pour tout obtenir en amour il faille pardonner à outrance et donner à l'autre la plus cuisante des libertés : celle d'explorer le bonheur ailleurs. Bérénice n'avait rien exigé. Animée par une affection irréprochable, elle n'avait pas résisté à l'événement. Stratège instinctive, elle avait osé dire oui à l'inattendu. Et finalement, Bérénice avait gagné. Si un jour pareil cataclysme me percute, je sais désormais comment on récupère l'amour de sa vie : en dégringolant loin de son ego. On ne retient bien que ce qu'on lâche à temps.

Mais l'histoire vira au conte amoral quand cette amoureuse de grande capacité tomba dans un coma brutal alors qu'elle achetait des dessous. On réquisitionna d'urgence mon ami neurochirurgien Stéphane qui inspecta les synapses de Bérénice et l'opéra sans délai. En fourrageant dans son esprit, il parvint à extraire une tumeur bénigne qui prospérait juste sous son cerveau. Ce méningiome frontal – gros comme une mandarine – aux effets compressifs provoquait depuis des années chez elle une désinhibition sexuelle et affective. Mon amie se réveilla sans séquelles apparentes mais… depuis ce jour elle ne fut plus jamais une amoureuse exceptionnelle : guérie, Bérénice rentra dans le rang des épouses normales.

Le diagnostic de Stéphane tomba :

— Son talent érotique et sentimental était dû au méningiome. Je suis formel : le cortex de ton amie est revenu à son état naturel. *La perfection passionnelle, c'est un dysfonctionnement compressif.*

— Une maladie ?

— En quelque sorte.

Cette mésaventure continue de me laisser perplexe. Elle a secoué les convictions de mes vingt ans. Parfois, je suis tenté de faire implanter sous mon propre cerveau un ballonnet gonflable qui ferait office de méningiome artificiel. Stéphane m'a gentiment proposé cette solution pour remédier à mes carences de folie qui, il le sait, me consternent. Mais je n'ai jamais osé recourir à ce viagra spirituel. J'ai souvent parlé avec Dizzy de cette intervention douloureuse que Stéphane réserve à ses amis les plus intimes. Audacieux, mon cher éditeur a fini par sauter le pas il y a trois ans par amour pour sa belle Hannah, issue de la pampa. Depuis que Dizzy est *ballonné*, Hannah, toujours occupée à courir le long des méridiens, ne cesse de s'épanouir…

9 – Grâce à Grace

A-t-on le droit de tout écrire ?

Dois-je déchirer ici le voile d'un souvenir dont je ne suis que copropriétaire ? Faut-il l'aggraver par le scandale ?

Été 1980, l'air du Sud est oppressant. Mon père vient de tirer sa révérence. J'ai quinze ans seulement. Une mouche vibrionne dans la chambre exiguë d'un palais de Monaco que fréquente l'une de mes tantes. On m'y a conduit pour me changer d'air, alors même que je n'avais aucune disposition à la galanterie ; et là, tout s'est accéléré jusqu'à ce que le destin me précipite sur ce lit, dénudé par un ange – que dis-je, une fleur de visage – pressé de commettre une faute inattendue contre la pureté. La princesse Grace, avec une toute naturelle pudeur, avance ses lèvres vers mon sexe et le gobe. Dehors, le mistral fouille la côte et fait claquer un volet. Bien élevé par ma grand-mère, je n'ai pas la muflerie de me dérober. Cette femme d'une beauté totale, surréelle, que j'ai admirée et revue dans les Hitchcock qui hantent mon jeune inconscient, m'offre cette première faveur avec une rare distinction, en se faisant scrupule de ne pas blesser ma timidité. Et sans léser mon innocence. Je n'en reviens pas. Est-il possible que cette patricienne de Philadelphie, exilée sur un littoral de grande tenue, aime à ce point dispenser ses virtuosités aux jeunes gens ?

Ses lèvres princières mordillent mon émoi et coulissent avec des habiletés inouïes. Nulle vulgarité n'entache son allant méritoire. Pas un instant ses yeux clairs qu'habite la religion ne quittent mes pupilles dilatées ; ils sont l'émanation bleue et fixe d'un éclat qui m'atteint l'âme. Ingénument, le cou gracile mais tonique, elle hâte mon bonheur dans un va-et-vient rythmé qui demeure élégant. Quelles scansions édifiantes ! Ses vertus morales et son port de tête inégalé donnent à son application un je-ne-sais-quoi d'irréel et d'envoûtant. Irréprochable de dignité, Grace Grimaldi née Kelly déglutit enfin et soupire les yeux au ciel.

Cette scène, je l'ai revécue dix fois… en rêve bien entendu.

À quinze ans, fâché avec le réel qui n'abrite plus mon père, soudain sans assise, je m'agrippe à la vie en la rehaussant d'expériences oniriques. Mon existence imaginaire devient aussi active que ma vie physique. Amant fictif de Grace Kelly, je me confectionne brusquement un quotidien respirable. Grâce à Grace, j'ai appris à tolérer le sort difficile et maussade qui m'était échu. Il y a des femmes de rêve à qui l'on doit autant qu'aux filles de nos nuits véritables.

Celle-ci m'a enseigné, très tôt, que la rêverie est un recours aussi efficace – et aussi vital – que la littérature. *Il ne faut pas réclamer trop au réel.*

10 – New York, Varsovie, Verdelot

Avant-guerre, Macha Gombrovitch fut une créature sans relief à Varsovie : un matricule ligoté dans le quelconque. Juive polonaise, elle s'apprêtait à mijoter dans un sort confiné d'épouse de médecin. Causant yiddish comme tout le monde alors, tassée dans une aisance racornie, elle ne pouvait pas deviner que la guerre allait la hisser vers des sentiments qui me sidèrent encore.

Au milieu du désordre de l'attaque du grand ghetto, en 1943, Macha s'égara parmi les charniers frais sous la pluie battante et perdit soudain de vue Pavel, son époux chéri. Seule, abandonnée de tous mais pas de Dieu, elle était parvenue par miracle à se faufiler hors du périmètre macabre puis à gagner la France. L'occupation de l'Europe arrêtait les courages, pas le sien. Lucide, elle n'avait pas cru un instant en la survie de Pavel ; mais un soir de solitude, Macha consentit à épouser celui qui devait devenir le plombier de notre maison de campagne, au fond de la Seine-et-Marne glaiseuse. En y mettant deux belles conditions : le plombier de Verdelot devait accepter de prendre le prénom de Pavel et apprivoiser des rudiments de polonais. Amoureux, le Seine-et-Marnais se plia aux souhaits de Macha, en rabattit sur sa fierté, changea de nom et la bagua. Cette fille à la voix rauque et blessée ne pouvait se redonner que dans la fidélité. Ce qui produisit, à Verdelot, un amour d'une fort honnête moyenne.

Mais en 1949, alors que Macha se trouvait à Varsovie pour clore un héritage compliqué, elle croisa le véritable Pavel. Ils se cognèrent presque à l'angle d'une rue défoncée, dans une sorte d'émotion symétrique. Contre toute statistique, Pavel avait survécu mais n'avait pas pu présumer que Macha était encore en vie. Sa propre fuite n'avait tenu qu'à une enfilade de hasards improbables. Bouleversés, ils divorcèrent chacun de leur côté et se remarièrent aussitôt à Paris. Leurs éclats de rire réapparurent. Macha se sentait assez d'amour au cœur pour cajoler Pavel jusqu'à la mort.

Le rescapé déclara alors à Macha que pour refaire leur vie, en Amérique cette fois, il lui fallait auparavant régler *certaines affaires* en Europe centrale. Rendez-vous fut pris le 1er du mois suivant sur le quai n° 1 de la gare Saint-Lazare, à une heure pile, pour prendre le train qui les emmènerait au Havre où ils devaient s'embarquer vers New York à bord d'une jolie barcasse : le *Queen Victoria*. Si Pavel n'était pas là, elle devait le rejoindre au même endroit, même date même heure, le 1er du mois suivant.

Le 1er mai 1950, Pavel ne fut pas au rendez-vous avec Macha. Il ne vint pas non plus les mois qui suivirent. Le *Queen Victoria* ne les prit jamais à son bord. Quatre ans plus tard, résignée et trouée de chagrin, elle accepta de se remettre en ménage avec notre plombier qui réintégra son rôle de Pavel intérimaire, puis de remplacement. C'est ainsi que Macha se réétablit parmi les glèbes livides, les buissons noirs et les futaies denses de ce recoin de campagne. Pendant un demi-siècle, Macha se rendit le 1er de chaque mois à une heure de l'après-midi sur le quai n° 1 de la gare Saint-Lazare, avec sa valise, *au cas où*.

J'ai toujours connu cette vieille dame préparant sa fameuse valise en cuir le dernier jour du mois. Nul raisonnement n'atteignait plus son cœur intact et les baisses barométriques n'affaiblissaient pas sa détermination. Le destin lui avait rendu son Pavel une fois ; sans doute n'imaginait-elle pas qu'il ne le fasse pas deux fois. Cet homme avait pris possession de son âme. À Verdelot, tout le monde la prenait pour la folle du village ; pas moi. Ma mère non plus. Sa foi a exercé sur ma vision entière de l'amour une influence décisive. À chaque fois que je l'ai vue prendre le car à Verdelot, le premier jour du mois, afin de se rendre à la gare de La Ferté-sous-Jouarre pour gagner ensuite Paris, je me suis dit : *c'est comme cela qu'il faut aimer.* Cette vieille dame voûtée, tirant son lourd bagage, prête pour la passion et une Amérique improbable, m'a toujours ému aux larmes.

Et puis un jour, alors que j'évoquais ce destin pas très drôle avec ma mère, je me suis dit qu'il fallait que je lui retrouve son Pavel. Tant d'amour fou ne pouvait demeurer puni. J'en ai parlé à Dizzy qui m'a répliqué :

— Et si tu confiais l'affaire à l'agence Duluc ?

— Celle du film de Truffaut ?

L'agence Duluc mit cinq mois à retrouver la trace de Pavel Rosenfeld, ex-croupier de 1945 à 1975 à Monte-Carlo. Retraité à Marseille, le jeune homme matois d'hier était encore vivant. Avant d'en informer la branlante Macha – ainsi que mon pauvre plombier rebaptisé Pavel pendant une bonne moitié du siècle –, Dizzy et moi convînmes qu'il valait peut-être mieux rendre visite à ce bien-aimé. Sans doute ignorait-il avec quelle constance il avait été vénéré tout au long du XXe siècle.

Dizzy, warholien à ses heures, se prépara à sa façon à ce périple en se faisant tailler sur mesure des slips de cuir multicolores et des bagages en angora. Mon éditeur est dandy quand les autres ne sont que bien vêtus et devine toujours la mode par une prescience de fantaisiste.

Nous fîmes le voyage à Marseille… et en revînmes sujets à certains ébranlements (surtout Dizzy qui, depuis qu'il a été *ballonné*, ne tolère plus la bassesse sentimentale). Le véritable Pavel – devenu « Monsieur Paul » sur la Canebière – avait très rapidement oublié Macha pour se concentrer sur ses affaires artisanales de proxénétisme. Bon vivant, adepte du rosé frappé, des chutes de reins danubiennes et des mocassins blancs en croco, ce souteneur cossu à la lippe goguenarde et à l'accent aillé s'était vite reconverti dans le cynisme, version provençale. Avec pull en jersey sur les épaules et ce qu'il faut de nonchalance prospère. On le sentait décidé depuis toujours à ne connaître la vie que sous ses aspects les plus délectables. En partant, égrillard, ce faraud à voix ensoleillée nous proposa même de « mettre un petit coup » à l'une de ses pensionnaires d'importation ; une Ukrainienne au corps de liane qui ne paraissait pas rigoriste à l'excès. Écœurés, Dizzy et moi filâmes sans riposter. Au fond, l'agence Duluc nous a joué à tous de bien mauvais tours…

Macha ne sut jamais l'amère réalité. C'est ma mère – dont la vie sensuelle n'engendra guère la mélancolie – qui m'imposa le silence sur notre périple marseillais. Précisons qu'elle a toujours tenu en piètre estime la vérité historique ; comme si les détails qui la composent nuisaient à la beauté d'ensemble de certains tableaux. Faut-il lui en tenir rigueur ?

Macha et son Monsieur Paul m'ont appris que *l'on ne doit jamais enquêter sur les légendes ; elles n'existent que pour nous immuniser contre la petitesse des choses.* Celui ou celle qui les gratte le fera toujours à ses dépens.

Un moment, je me suis demandé s'il existait quelque part sur le globe une femme fidèle à des promesses anciennes que je n'aurais pas tenues. D'une manière ou d'une autre, nous sommes tous les Monsieur Paul d'une Macha au cœur spacieux que nous n'avons guère méritée. Des fox-terriers qui pissent par mégarde sur la plus belle orchidée du monde… Cette idée me fait honte soudain.

11 – *Les mots de Milou*

Pourquoi ai-je attiré dans mon sillage autant de filles bizarres ? Atavisme filial ? Penchant maladif pour les êtres de théâtre ?

En classe de terminale, je fus l'objet d'une passion unique aux conséquences durables. À dix-huit ans, Milou croyait aux mots ; mais d'une manière différente de ce que j'avais connu jusqu'alors. Sur les murs blancs de sa chambrette adossée à Montmartre, cette fille épinglait des bristols sur lesquels elle écrivait des locutions comme « tempête bretonne », « brisants dangereux », « bourrasque iodée sur Ouessant » ; et cela lui suffisait pour qu'elle se sentît fouettée par les embruns. Parfois, elle inscrivait des mots plus troublants : « soleil en panne le jour de la mort de mon père », « chagrin sud-américain » ou « petite fille endeuillée dans la neige ». Il n'en fallait pas davantage pour voiler de larmes sa pétulance ; ce qui me bouleversait jusqu'au tréfonds.

Son père était décédé dans les Andes lorsqu'elle avait neuf ans. Un accident d'avion plein d'effrois cannibales dont la presse mondiale avait parlé. Pour survivre, les rescapés avaient fait

ripaille de sa dépouille et des autres cadavres en
se racontant que le Christ aussi avait offert sa
chair. Horrible ragoût. Depuis ce festin d'ogres,
définitivement en délicatesse avec le réel, Milou
croyait donc au pouvoir des mots ; ce qui ne
laissa pas de nous rapprocher. Aussi épinglait-elle
des bristols sur les murs comme d'autres voya-
gent au Kamtchatka ou naviguent sur des volutes
de musique. Parfois, elle écrivait sur son visage au
lieu de se maquiller. Les termes qu'elle choisis-
sait valaient bien les trucages de la cosmétique
(« plein soleil », « bonjour tristesse », « cueillez
dès aujourd'hui »).

J'aimais cette fille un peu retranchée du
monde ; mais non son corps. Pas de seins, guère
de fesses, des yeux de génisse. Nulle part où
accrocher mon désir (c'est rustique un homme) ;
elle ne sortit jamais à mes yeux de l'invisibilité
sexuelle. Nous promenions nos fous rires dans le
parc des Buttes Chaumont sans nous tenir les
pognes, en enquillant des *drinks* paresseux à la
terrasse des cafés ou en faisant des claquettes
dans le métro. J'étais résolu à ne rien contracter
d'amoureux avec Milou ; malgré l'insistance de
l'Arquebuse, mon aïeule friande d'orgasmes, qui
me sommait de faire un beau geste. Hélas, ma
chère Milou se donnait beaucoup de mal pour
vaincre ma répugnance en se montrant éternellement vacante. Un jour que je rentrai dans sa
chambre, je lus sur les murs trois bristols sur lesquels était écrit : « Alexandre à l'affût de mes

charmes », « un merveilleux mariage avec
Alexandre » et « Alexandre éclatant de rire le
jour où je lui annonce que je suis enceinte ».

Un brin gêné, je toussai et pris un petit carton
sur lequel j'écrivis à mon tour « Alexandre mal à
l'aise ». Milou n'avait à mes yeux pas plus de sexe
qu'un goéland. Elle eut un sourire triste, traça
mon prénom sur un bristol et le déposa sur son
oreiller en ajoutant avec cette sorte d'optimisme
poignant que rien ne dissuade :

— Ce n'est pas grave. Je dormirai quand
même avec toi…

Pendant cinq ans, Milou coucha avec ce bristol.

Parfois, elle gravait mon nom sur un savon et,
débrouillarde, s'en servait avec dextérité sous sa
douche. Ou alors elle traçait les neuf lettres de
mon prénom sur l'intérieur de ses soutiens-
gorge ; de manière à ce que le x d'Alexandre,
symbole universel de pornographie, s'applique à
ses tétons (ce détail plut beaucoup à l'Arquebuse !).

Au début, j'en fus flatté ; mais très vite ce procédé trop littéraire me refroidit. Qu'il fût possible
à cette Antigone lycéenne de me remplacer par
un mot plutôt que d'accepter la réalité de mon
esquive me terrifiait. Plus tard, je me mis à écrire,
à publier et à faire ma trouée dans l'époque ; mais
je me livrais à cette aventure avec la désinvolture
de l'amateur lorsque je me comparais à Milou.
Son expérience si entière des mots m'était, je

l'avoue, étrangère. Avec le temps, nous eûmes même des enfants de papier, une nombreuse progéniture dont elle égrenait les noms sur ses murs (sans me consulter). Lorsqu'elle remplissait une page de son cahier, Milou y plaçait toute la chair qui se dérobait dans sa vie inhabitée. Sa vérité entière dansait sur les lignes de ses manuscrits alors que la mienne ne faisait que de furtives apparitions sur ceux que je noircissais. Je n'y cajole, la plupart du temps, que des émois de composition, du sentiment un peu truqué. Côtoyer les gouffres et m'ouvrir les veines sur des pages blanches n'est pas dans mes façons.

Et puis un jour, à vingt-trois ans, Milou a décrit sa mort sur un cahier et s'est éteinte, littéralement tuée par sa prose : vivre son amour ou périr, elle ne voyait pas d'autres termes à l'alternative. Les médecins ont voulu croire qu'elle souffrait d'un mot en latin. Sa mère, pâle de vrai malheur, m'a remis ses cahiers ainsi que le bristol avec lequel elle avait dormi tant de nuits.

La tendre Milou est de celles qui m'ont vacciné contre la tentation d'être écrivain et, surtout, de vivre l'amour par des textes. Je resterai toujours un farceur, méfiant à l'égard du fumet lyrique des mots. L'exemple inquiétant de mes parents m'a immunisé contre cette impasse. Au fond, je ne fais confiance qu'au réel. Il ne faut pas croire aux livres.

12 – *Lectrice au bord de la crise de nerfs*

Le courrier des écrivains est, paraît-il, un motif de déception ; le mien est, je l'avoue, un feuilleton plein de surprises. Suis-je coupable de cette pandémie d'extravagances ? Dans ma boîte aux lettres, nulle trace de lectrices molles qui m'infligeraient un piédestal. Point de réquisitoires destinés à m'écailler le moral. Seulement une cohue d'individualités occupées de romanesque. Un shaker d'outrances.

Il s'est même trouvé plus de cinq mille lectrices intrépides, résolues à basculer pour de vrai dans le grand bain du fabuleux. Tenaces, ces illuminées me harcelèrent afin de connaître les modalités pratiques d'immigration dans une île imaginaire peuplée de gauchers que j'avais conçue dans un livre (une microsociété qui n'existe qu'en soi) ; comme si j'avais été le consul d'une authentique République inversée, en rupture avec notre univers de droitiers. Cinq mille, lestées d'espoirs, tracassées de sublime… Prêtes à dégommer notre univers !

Je savais donc à quelles errances la fréquentation de mes romans pouvait conduire. Mais le cas de Georgia dépasse les pantomimes ordinaires de l'extraordinaire : depuis près de vingt ans, cette femme poilante – et pathétique – met en œuvre la totalité du répertoire des scènes que je publie. Un autre de mes lecteurs, souffrant d'alexandrite aiguë, s'est livré à cet exercice pendant quelques saisons ; mais Georgia l'a dépassé en excentricité et surtout en persévérance. Son affût est sans failles. Son mariage ainsi que toutes ses liaisons se sont abîmés dans cette opiniâtre folie. Chacun de mes ouvrages se présente à ses yeux comme un programme tyrannique qu'il ne saurait être question d'altérer, même à la marge.

Georgia a donc vécu l'intégralité de ce que j'ai imaginé pour ne pas le vivre. Pendant deux décennies, nous avons mené des existences en quelque sorte parallèles ; sans jamais nous rencontrer. Pimpante jeune mariée (elle vivait à l'époque à Clermont-Ferrand), Georgia me confia en 1988 avoir calqué les mœurs du héros de mon second livre afin de maintenir son couple hors des saccages du temps. Entêtée, elle affirmait avoir expérimenté des scènes entières de ce roman de jeunesse ; épisodes qui la menèrent loin de la quiétude du convenu. Puis cette fraîche Clermontoise se les enfila toutes, dans le désordre, au fil de la disponibilité des décors qu'elle dégotait. Ses commentaires de terrain (d'une ingéniosité génitale folle) me laissèrent sidéré. Pauvre mari de Georgia (un brave huissier du Puy-de-Dôme), obligé de suivre la cadence afin que leur couple ne tombe pas en quenouille... Ce clerc féru de routines avait-il mérité de telles embardées conjugales ? Plus tard, en 1991, après avoir usé ce premier époux (révoqué pour cause de manque d'entrain), Georgia convainquit son nouveau galant d'appliquer à la lettre – pendant plus de sept mois ! – les stratagèmes employés par le héros de mon troisième ouvrage pour raffermir leurs appétits. Méthodique, l'obstiné avait dû se lancer dans une cour qu'elle désirait sans fin. Chaque lundi, ce garçon – aux roustons en feu – m'adressait un compte rendu circonstancié de leurs frustrations érotiques. Hélas pour elle, le converti se prit au jeu : il ne voulait plus la toucher ! Georgia m'admonesta comme on canonne : « Parlez-lui, écrivez-lui ou je fais un malheur ! »

Georgia m'adressa ainsi les courriers les plus insensés pendant vingt ans ; alternance de récriminations et de remerciements ardents. Chaque publication fut pour elle l'occasion de gober une nouvelle ration d'inéprouvé. L'adresse de Georgia figurant au dos de ses enveloppes, je pus suivre les aléas de ses déménagements.

Et puis un jour pluvieux, n'étant plus très sûr de vouloir continuer à écrire, je me suis garé devant chez elle, à Melun, dans l'un de ces quartiers boisés où s'endort l'automne. Confusément, j'avais le sentiment de me rendre au domicile réel de mes personnages, histoire de faire le point avec eux. Dizzy était du voyage ; il ne voulait pas rater cette confrontation entre son auteur et le fantôme de ses livres. Et puis, il redoutait que cette fille un peu spéciale ne me séquestre dans sa cave pour m'obliger à écrire un récit convulsif dont elle serait l'héroïne. Protecteur, ce cher

Dizzy craint toujours l'improbable qu'il juge imminent.

Une villa Art déco, sentant le lorgnon et nimbée du parfum de cette époque sans parpaings, surgit à l'adresse indiquée. On dirait un domicile de Maupassant, dépouillé de fastes depuis longtemps. La bâtisse émerge d'une brume mouillée qui affaiblit ses formes et exténue encore ses beautés. Mais un détail me frappe : la porte de Georgia – exacte réplique de la mienne – est peinte en blanc. Je sonne en pesant sur un bouton surmonté d'une étiquette « maison d'Alexandre ». De quoi peut-elle avoir l'air ?

Ma porte s'ouvre et je découvre… une ruine en mal d'avenir.

Dizzy et moi échangeons un regard furtif, proche de la panique.

Les lèvres de Georgia – deux limaces laquées en rouge – s'entrouvrent pour découvrir un sourire délabré surmonté de deux yeux vitreux, macérés d'angoisse, flottant dans des orbites de noyée. Géricault aurait pu sans peine lui fournir une pose sur son *Radeau de la Méduse*. Ravinée et hâve, elle frémit de me voir sur son paillasson, tente d'articuler un borborygme rauque en replaçant les mèches spongieuses qui lui servent de chevelure et, enfin, lâche d'une voix déchirée :

— Alexandre, je vous attendais…

J'entre en trébuchant dans un bac à chats débordant de fiente tandis que Dizzy retient un haut-le-cœur : au moins trente félins abjects cam-

pent ici. Le parquet est maculé de flaques d'urine
fermentée ; toute la poussière du monde semble
s'y être donné rendez-vous. De toute évidence,
aucun homme ne peut séjourner sous un tel toit
où l'on ne combat plus la saleté. Ici, le malheur
semble chez lui. Un bruit de chasse d'eau suin-
tante nous accueille. En bout de table, une soupe
coliqueuse fume ; tandis qu'à l'étage un chien
hurle à la mort, comme pour donner une voix à
cette désolation. Sur les murs, des livres : tous de
moi, dans les langues les plus diverses et les
alphabets les plus débraillés. Des photos de ma
jeunesse, vernies de crasse, s'étalent au milieu de
cadres de famille, comme si j'habitais là. Certaines sont tirées de coupures de presse, d'autres
ont été prises à la dérobée, dans la rue, en avion
ou dans des librairies. En France ou ailleurs. Soudain je me reconnais au bras de Zouzou encore
jeune, à bord d'une felouque égyptienne. Georgia m'a donc suivi dans mes pérégrinations plané-
taires. Dizzy adopte une mine inquiète de garde
suisse suspicieux ; son physique bronzé s'allonge.

Nous nous asseyons, tandis que Georgia, tour-
neboulée, passe dans ce qui subsiste de la cuisine
pour nous préparer un café. Un chat tente de me
griffer. Toujours sur le qui-vive, Dizzy le gifle
magistralement ; avec la violence d'un Gabin
frêle. Georgia revient s'installer face à nous et
s'enveloppe dans un chandail serpillière. Elle
nous sert du très mauvais café, souillé de marc.
Son sourire figé, dévitalisé, me glace. Sa parole

dégouline avec peine. Alors, ahuri par la déroute de cette femme, je lui pose la seule question qui me traverse l'esprit :

— Pourquoi tant de dégâts ?

Et Georgia de me répondre :

— Je vous ai trop lu.

Dizzy sursaute. Bouleversé, je prends la main de Georgia, comme pour m'excuser. Comment n'ai-je pas compris plus tôt que mes romans, remplis d'un idéal mirobolant dont la vie est vide, détournent d'un bonheur possible ? Par compassion, nous avons bu le café et même partagé le repas infect qu'elle nous servit ; en nous forçant à rire. J'avais tant à me faire pardonner. Solidaire, Dizzy s'enfila une viande maussade, un vin brouillé et une vague purée où grouillaient mille bacilles. Nous caressâmes même les greffiers malsains qui lui tenaient lieu d'ultime compagnon.

En sortant de chez cette naufragée, érodée par mes rêves, j'étais plus persuadé que jamais que les romans sont des pièges. Nous sommes faits pour les bourrasques réelles, pas pour les émotions en trompe-l'œil qui s'étalent dans les éditions brochées. Dizzy lui-même revint à Paris troublé et curieusement revigoré. En descendant de la voiture, sur le boulevard Saint-Germain, il me déclara :

— *Désormais, mon cher Alexandre, nous vivrons les choses avant de les écrire !* Je le ferai stipuler dans les contrats de la maison Grasset. Passe demain signer cet avenant.

Sans patauger, mon éditeur héla une jolie passante et lui demanda, avec une rare politesse, de l'embrasser. Ce qu'elle fit de bonne grâce, à pleine gorge ! Sous mes yeux ébaubis. Dizzy se pencha alors vers moi et me susurra : « vivre avant d'écrire » ; puis il fila faire regonfler son ballonnet par une jolie infirmière serbe qui a toujours de l'humeur, une sorte d'anarchisme féroce qui fermente depuis des lustres dans ces vieux morceaux des Balkans. Y aurait-il donc une possibilité de se conduire réellement en héros de sa propre existence ? De se convertir à l'exercice débridé de la vie plutôt que de sécher en rêvant ?

13 – Où est Gaspard ?

Stéphane est un neurochirurgien doué. Sa maîtrise de l'implantation (fort peu courante) des ballonnets gonflables qui font office de méningiome artificiel l'atteste. Depuis notre enfance souvent commune, je le sais polarisé par le fonctionnement insolite de la cervelle humaine. Un jour, je lui ai même demandé d'examiner au scanner les hémisphères de Liberté, tant je suis fasciné par l'esprit inattendu de celle qui partage ma vie. Tout homme devrait faire procéder à un tel bilan exploratoire de sa femme ; s'il veut percer certains mystères qui lui échappent à l'œil nu.

De temps à autre, les plus extraordinaires dysfonctionnements cérébraux surgissent à l'issue des interventions osées de Stéphane. Les dérèglements cognitifs qui en résultent se présentent parfois comme des farces du sort ou d'hallucinants défis à la raison. Certains cas mettent même un sérieux coup de ventilateur dans nos certitudes !

Un matin de septembre, il m'appelle pour m'avertir que l'une de ses patientes – qui, à l'entendre, fait une expérience ahurissante de mes livres – va tenter de me joindre. Sa pathologie est si singulière qu'il s'est permis de lui transmettre mon numéro de téléphone. Depuis un accident de parapente à Morzine, en 2002, Rebecca souffre en effet d'un désordre neurologique qui affecte durement le soi, la persona même, et propre à exciter la curiosité d'un écrivain. Cette fille vit toute fiction – cinématographique ou littéraire – sur le même mode qu'un événement réel. Quand elle assiste à une séance de cinéma, son système nerveux détraqué lui fait croire qu'elle évolue dans notre monde ; aussi apostrophe-t-elle l'écran avec virulence lorsque les comédiens exagèrent (a-t-on idée de tirer des coups de revolver en pleine rue !) ou manquent de vigilance à ses yeux. Pire encore : sa mémoire classe les films visionnés et les livres lus parmi ses souvenirs ordinaires. Dans son esprit, Madame Bovary, ce fripon de Clark Gable et sa fielleuse grand-mère font partie d'un même passé unifié.

Détail sidérant, m'explique Stéphane, Rebecca n'a aucune conscience de son trouble mental et ne s'en alarme donc pas. Sa famille d'origine – elle a trente-sept ans, son ami exaspéré a fini par la quitter – doit donc veiller scrupuleusement au choix de ses lectures, aux films qu'elle fréquente et, surtout, à ce qu'elle ne passe pas devant une télévision susceptible de faire débouler dans son cerveau le vrac inquiétant qui défile sur les ondes. La psychiatre qui la suit a d'ailleurs proscrit tout poste de télévision dans les domiciles qui l'accueillent.

Prévenu par Stéphane de l'étendue de ses déficiences, j'attendais son coup de fil avec la plus vive émotion ; car j'ai toujours organisé mon existence en départageant strictement ce que j'écris et ce que je vis. Cette schizophrénie légère m'a longtemps convenu. Pendant presque vingt ans, j'ai même publié très exactement *ce que je tenais à ne pas vivre moi-même*. Déterminé à m'ennuyer prodigieusement et à être à tout prix non extravagant, je menais avec fierté une vie de plante en pot.

Sauf – et cette exception mérite d'être notée – lorsque mon amie Giovanella, chef décoratrice de cinéma, m'invitait à séjourner dans les décors époustouflants qu'elle bâtit en studio, à Rome, Londres ou Paris. Je dois d'ailleurs à cette robuste lesbienne, capable de grêles d'injures et de saouleries homériques, de divines échappées. M'autoriser un week-end dans un Vienne fictif, où il m'est arrivé de rejouer certaines saynètes de mes romans devant des fonds sylvestres qui sentaient la peinture, me paraissait acceptable car je savais que j'étais à l'abri dans un studio ; entendez en un lieu expressément conçu pour mettre en scène de la fiction. Les baisers que l'on y échange comptent pour du beurre.

C'est dire combien j'étais curieux de rencontrer la seule personne qui eût jamais fréquenté mes livres *en direct*. Le premier coup de fil me désarçonna : Rebecca m'annonça tout de go qu'elle souhaitait faire la connaissance de Gaspard Sauvage (dit le Zèbre, héros de l'un de mes romans qui se voue à la reconquête zélée de sa femme après quinze années de mariage). Elle souhaitait épouser cet homme sans délai. Puis elle me harcela pour savoir s'il se portait mieux depuis qu'il avait tenté de faire croire à son décès.

— Mais Gaspard est effectivement mort ! rectifiai-je.

— Allons, allons, à moi on ne la fait pas ! Où est-il caché ? Stéphane m'a dit que vous étiez très liés…

— Moi et Stéphane ?

— Non, vous et Gaspard ! s'exclama-t-elle avec un prodigieux sérieux. Ne cherchez pas à détourner la conversation. Je l'ai revu il y a quelques jours, fidèle à lui-même avec son écharpe rouge. Voulez-vous mon avis ? Sa femme ne mérite pas un homme pareil !

Je compris alors que Rebecca, amourachée de mon Zèbre, avait sans doute visionné l'adaptation cinématographique de mon roman. L'acteur principal y porte une écharpe rouge. Pour la première fois de ma vie, je parlai avec quelqu'un qui avait plus cru que moi en la réalité de l'une de mes fictions. Rebecca présentait d'ailleurs tous les symptômes de la fille réellement éprise : gaieté trop déployée, impatience et éclat excessif du teint, nervosité dansante.

Dès le lendemain, nous prîmes un verre chez Dizzy, rue de Chalaneilles à Paris. Mon cher éditeur, moulé dans un futal en peau de chat, se montra plus frétillant qu'à l'ordinaire ; Stéphane venait de faire regonfler son ballonnet. Et puis nous étions un jeudi : le jour où, quelle que soit la saison, sa vieille gouvernante rééquipe les cerisiers de son jardinet en fruits mûrs (cette pratique charmante, ou plutôt ce défi adressé aux saisons, tient chez lui du rituel hédoniste autant que du parti pris à l'égard du temps). Dizzy adore les jeudis. Les agressions subies par le cortex de Rebecca étaient telles que mes héros furent en quelque sorte des nôtres. Nous discutâmes longuement des erreurs sentimentales commises par le Zèbre – a-t-on idée de recalfater ainsi un mariage ? – en cueillant des bigarreaux chiliens dans les cerisiers de ce jardin parisien ; fautes qui, à la vérité, réjouissaient Rebecca puisqu'elles lui laissaient la possibilité de faire sa conquête. Fort éprise, elle expliqua à Dizzy qu'aucun homme – à l'exception peut-être du regretté Jack Dawson (interprété par Leonardo DiCaprio dans le film *Titanic*) – ne lui avait autant donné envie de courir le risque d'un engagement ferme. Au passage, elle pâlit, ses yeux se mouillèrent et sa gorge se rétracta lorsqu'elle évoqua le naufrage du *Titanic*, comme si elle en avait réchappé la semaine dernière. Ce fut poignant. Rue de Chalaneilles, l'atmosphère sentit soudain l'iceberg. Rebecca en avala un noyau.

— Pourquoi lui, Gaspard ? ai-je fini par demander.

— Parce qu'il est de ces gens qui pourraient inspirer un roman, me répondit-elle, rêveuse.

Cette réplique paradoxale m'est restée ; car moi, Alexandre, je ne suis pas homme à inspirer la moindre ligne. Ma vie a si longtemps été une sorte de halte au bord des jours. Rien de dense, de flambard, d'indiscutablement heureux ; même si je n'ai jamais cru en la morosité. Ivre d'hyperconformisme, je consacrais mes forces à rêver. Ce jour-là, Rebecca piqua mon orgueil. Comment pouvais-je tolérer que mes personnages, portés par la floraison de mes idées, soient plus attrayants que leur père ? À cet instant, provoqué par cette femme, quelque chose de décisif pivota en moi. Je résolus de suivre les nouveaux principes de Dizzy : « vivre avant d'écrire… »

Mais je ne pouvais laisser cette fille, si disposée à s'épanouir, dans l'expectative. En romancier, je trouvai aussitôt une solution viable. Je communi-

quai à Rebecca l'adresse et le numéro de portable de Thierry, l'acteur qui interprète le Zèbre à
l'écran en précisant bien :

— Appelez-le mais faites attention. Il s'agit
bien de Gaspard même s'il se fait souvent passer
pour un acteur quand il répond au téléphone.

Puis j'appelai Thierry pour lui tenir des propos
symétriques et compatibles :

— Une amie va t'appeler de ma part. C'est
une actrice qui va jouer, pour une caméra cachée,
une fille qui croit que mes personnages existent
vraiment. Rebecca s'adressera à toi comme si tu
étais vraiment le Zèbre. Je voulais te mettre dans
la confidence pour que tu sois bon…

D'un naturel joueur et malicieux, Thierry
accepta aussitôt un premier rendez-vous auquel il
se rendit en croyant participer à une caméra
cachée qu'il pensait berner. Thierry et Rebecca se
virent. Munis des infos cohérentes dont ils dispo-
saient, ils ne soupçonnèrent rien !

Moi, j'étais caché au fond du restaurant avec
Dizzy qui, comme moi, raffole de ce genre de ce
situation. Marivaux n'écrivit, j'en suis certain, que
pour des gens comme nous. Le dîner de Rebecca
et de Thierry se révéla d'une gaieté sonore, désinvolte à souhait. Victimes enchantées d'une illusion orchestrée, ils ont même décidé de se revoir
afin de poursuivre ce petit jeu. J'ai alors compris
qu'il n'est pas nécessaire d'avoir les yeux en face
des trous pour être heureux. Il suffit de disposer
d'indications qui donnent à la réalité un sens

acceptable et réjouissant. Le bonheur, la joie, *toutes ces choses ne sont qu'une affaire d'information.*

14 – *Denise ou l'amour gratuit*

J'ai longtemps fait un rêve profus et paradoxal : aimer toutes les femmes sans m'exposer. En demeurant fidèle à mon ardente Liberté. Et puis, un jour, j'ai rencontré Denise, une ancienne jolie femme, et j'ai soudain compris que c'était possible. Comment ? En truquant les règles du jeu de l'amour et des hasards. Rafraîchissante de mièvrerie assumée, Denise m'avait adressé une lettre intrigante :

« Cher Alexandre,
vos romans comblent bien des femmes. Moi je comble plus modestement celles de notre quartier, celles qu'aucun homme ne remarque plus : les laides et les abîmées par la vie. Je leur fais livrer des bouquets accompagnés d'un petit mot anonyme flatteur. Cela me coûte quelques euros. Toutes nous avons besoin de faire rêver un homme, quels que soient notre âge ou notre silhouette. Mes soixante-quinze ans tout entiers sont absorbés par cette mission.
Affectueusement,
Denise R, une retraitée de la Poste très occupée, épouse d'un voiturier en retraite de l'Hôtel Raphaël. »

J'ai rencontré la lumineuse Denise, cette bonne âme qui fait vivre les accidentées du cœur, les variqueuses et les disgracieuses de notre quartier commun dans « un roman d'amour d'Alexandre Jardin ». Cette rhumatisante est généralement vêtue de houppelandes et d'un chapeau-cloche. Son mari, Césaire, a été voiturier pendant trente-neuf ans et demi avenue Kléber à Paris, toujours aux aguets sur le trottoir du Raphaël. Durant ces années, Césaire avait rêvé en pilotant en première ou deuxième vitesse – autour du pâté d'immeubles – des Lamborghini racées, des Mercedes véloces et des Jaguar ronflantes. Uniquement pour les garer. Professionnel du créneau, il excellait à ne pas dépasser le 20 km/h. Dans son costume tiré à quatre épingles, tassé sous sa casquette rouge réglementaire, Césaire avait humé une vie qu'il aurait pu connaître, curieusement satisfait de s'en tenir à lisière. Avec Denise, postière de la porte de Clichy (qui lisait de son côté les dos de cartes postales aux timbres exotiques), il formait un couple de rêveurs incurables.

Ensemble, Denise et moi avons poursuivi sa « mission » à l'eau de rose. Quand nous déjeunons devant l'église des Batignolles, le lundi (c'est notre jour), nous nous installons à la terrasse d'une boulangerie pour repérer celles que personne ne voit : les épaisses commères, les pauvresses boucanées d'alcool, les tricardes de la tendresse. Puis nous les suivons discrètement afin de connaître l'adresse de ces femmes au cœur négligé, cultivant sans doute des opinions féroces sur la vie. Denise s'arrange avec la gardienne ou les voisins pour obtenir leur nom ; ou alors elle consulte d'anciennes collègues de la Poste. Ensuite, nous allons commander des bouquets de roses éclatantes à faire livrer. Je me charge de la rédaction des petits mots enflammés, sibyllins et anonymes que nous leur adressons ; et nous partageons les frais. C'est ainsi que les malingres, les alcoolisées et les mal-aimées du quartier des Batignolles se sont mises à évoluer dans un permanent roman d'amour. Nous en sommes à soixante-douze bouquets ; soit autant de cœurs qui n'habitent plus le pays froid de l'indifférence masculine. Avant Denise, je n'avais jamais eu l'idée de faire basculer pour de vrai des êtres dans l'intensité d'un récit sentimental. Aujourd'hui, vivifié par Liberté, je m'accorde ce droit… Comment tolérer la vie si l'on ne se résigne pas à garer des cylindrées autour du Raphaël* ?

15 – *Maman m'a dit (2)*

1981, an I de ma vie sans père. J'ai seize ans. Papa s'est effacé depuis dix mois ; mais ce mort vit

---

* Stupeur ! Nos déjeuners du lundi n'auront plus lieu. J'apprends ce matin en lisant *Le Parisien* que Denise – à qui j'aurais conféré une auréole – vient d'être mise en examen pour empoisonnement de vieillards prospères auxquels elle venait en aide. Jusqu'où mène l'amour du prochain ?

trop. Je porte d'ailleurs sa montre, la seule qu'il ait tolérée au cours de ses derniers mois. Ma mère, mon frère et moi sommes encore sidérés par l'effet de souffle de son décès. La tête lourde de l'avoir trop aimé, nous sommes les uns et les autres fatigués de cacher notre maussaderie sous le vernis de notre bonne humeur. Comment nous lessiver les méninges ?

À l'heure du petit déjeuner, un dimanche d'oisiveté, ma mère prend une feuille blanche et trace un carré composé de neuf points ; puis elle nous pose une drôle de question qui va percuter ma vie :

— Comment feriez-vous pour réunir ces neuf points en traçant quatre droites *sans soulever votre stylo et sans repasser sur aucun segment* ?

Je me penche sur le dessin et réfléchis en grignotant du pain grillé. Comment diable n'utiliser que quatre droites ? Mon stylo hésite de point en point, se cogne dans ce parallélépipède qui me bloque (essayez, vous aussi !).

Dix minutes plus tard, je sèche encore. Le triste bon sens ne m'est d'aucun secours. Maman me donne alors la solution de ce jeu célèbre (il traîne dans un tas de bouquins sur les processus cognitifs) :

— Il suffit de prolonger les droites *en sortant du carré.* Sortez du carré les enfants ! De tous les carrés !

Le stylo de ma mère sort alors du carré que mon esprit m'avait enjoint de respecter, sans que personne ne me l'ait demandé, et relie les neuf points en formant quatre droites. À cet instant-là, ma mère m'a souri. Elle a alors compris que *je sortirai toujours du carré.* Je ne serai plus que flux, discontinuités, refus des mises aux normes et bifurcations. Politiquement, artistiquement et, si possible, avec ma femme qui sait si joliment aérer mes préjugés. Avec elle, je suis toujours à naître, à changer de focale. Bazardons les sempiternelles curiosités archéologiques de la pensée universitaire ! Fonçons dans les accotements mal stabilisés et franchissons les barrières d'impossibilité !

Ce sourire-là de ma mère, au pire moment de notre vie, dans l'eau noire du deuil, m'est resté. Je le garde par-devers moi comme un talisman vivifiant. Lorsque la houle des contrariétés m'accable, je revois son stylo qui sort de la figure que mon cerveau m'avait imposée par un curieux automatisme. Et je prends toutes les tangentes en osant une ouverture de compas maximale.

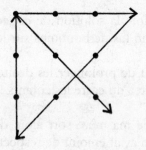

Par chance, une douzaine de flibustières de la pensée m'apprirent à *déborder du carré*. Voici comment ces voix qui grincent me firent appareiller loin des eaux trop navigables de la réflexion. Et comment elles ripolinèrent de frais mes habitudes. Ah sortir (brièvement) du rang de la connerie humaine ! Faire enfin péter son personnage ! Et briser son logiciel, rien que pour connaître la joie de ne pas être d'accord avec soi-même…

II
Hors du carré

Que l'on ne s'étonne pas si ces pages sont infestées exclusivement de filles ; et fréquentées par des caractères amples, passionnés de turpitudes, qui fortifient dans l'idée que « tout est possible ». Après avoir écrit sur mon père, si compétent pour créer du fabuleux, j'aurais bien voulu peindre une femme qui appartient, elle aussi, au roman par toutes ses molécules : ma mère. Mais je ne suis pas prêt. Sans doute me suis-je senti coupable de l'aimer malgré tout. Alors je m'approche de son espèce à petits pas ; comme pour apprivoiser mon sujet. Dans la savane de mes souvenirs, je traque les gibiers de sa classe.

1 – *La loi du bambou brisé*

1994. Je fais voguer un petit voilier rouge sur le bassin du jardin du Luxembourg, escorté par mon ex-éditrice qui pétune d'infâmes Gitanes.

Françoise Verny et moi aimons jouer ensemble
en nous empiffrant de gaufres et en méditant le
tohu-bohu de la production romanesque française ou d'importation ; même si j'ai rompu avec
les éditions Flammarion où elle perpétue désormais sa seigneurie artistique (en rendant de
solides hommages aux meilleurs malts). J'aime
qu'elle n'ait pas le fétichisme des terroirs littéraires trop cadastrés et qu'elle m'oxygène de ses
emballements. Sa présence maternelle, ses folies
abondantes, son quintal et son désespoir jovial,
ses colères dilatées de grizzli, sa filiation directe
avec Gargantua, tout me plaît chez cette femme
au physique de dinosaure qui est tout à fait mon
genre. Parce qu'elle est dans le don et la hâte
d'une curiosité universelle.

Avec elle, je ne suis pas souvent de mon opinion.

Il fait beau. Impavide, les pieds dans l'eau (histoire de faire dégonfler ses gros métacarpes),
Françoise me rappelle le soir où, en 1988, j'avais
décroché le prix Femina à vingt-trois ans ; sans
que j'eusse trempé dans la moindre carambouille
parisienne. Pas vu de chéquard tétant le fameux
lait de la corruption littéraire. Le pas ailé, nous
avions débarqué chez ma mère pour lui annoncer
la nouvelle invraisemblable. À chaque fois que je
franchis son paillasson, rue Saint-Jacques, je reste
saisi par le particularisme de sa baraque foldingue : tout y est démesuré, comme chez Tolstoï (le
voisin de Dieu). Les fenêtres, les portes, les tables

sont deux fois plus grandes qu'à l'ordinaire.
Demeure frappée de gigantisme, elle dispro-
portionne les pensées et les sentiments qui s'y
déploient. Le mobilier interdit la mesquinerie de
ton, habitue le quidam amoindri à l'excès. Comment s'étriquer dans de tels fauteuils ? Françoise
en demeura interdite.

Nous trouvâmes ma mère déjà informée de
mon Femina, hérissée de questionnements et
occupée à incinérer… *toutes les photos de moi
enfant*. Sa cheminée en fumait encore. Fin de partie : mon passé entier venait d'être aboli. Quelle
barbarie feutrée ! J'en suis resté la bouche sèche.

— Pourquoi ? avait demandé Françoise les
yeux dilatés, presque enfantins.

— Alexandre n'a pas été élevé pour croupir
dans une mentalité d'archiviste, avait-elle répondu. Il n'a plus besoin d'aller traîner au fond de
son passé.

Ma mère – toujours prompte à exercer sa juri-
diction morale – avait alors prié Françoise de
m'interdire désormais de conjuguer mes verbes
au passé et, si possible, de juguler mes nostalgies.
Elle ne voulait plus que je me retourne sur mes
craquelures. Mon éditrice à tronche de bison (ou
de Templier, selon les jours), épatée par le tempérament néronien de ma mère, avait bizarrement
acquiescé. Moment étrange de passation de pou-
voirs entre deux femmes hors format et haïssant
les théorèmes. Maman avait ensuite évoqué ses
travaux : sous hypnose profonde, elle greffait à

l'époque un nouveau passé, moins invalidant, à ses patients les plus détériorés. Voulais-je tenter l'aventure ? Attaché au confort de mes fêlures, je me souviens avoir refusé son offre. Françoise déclina également la proposition ; la bible qu'elle ruminait chaque matin suffisait à forcer le chemin de son âme.

Soudain je reviens au présent, à mon voilier que je relance contre le vent avec un bambou sec ; puis j'interroge Françoise sur mon dernier manuscrit. Je le lui ai remis quelques jours auparavant. Y prolifèrent encore mille facilités et autant de redondances, mais j'ai besoin de son pif. Sa réponse tombe, bourrue et crucifiante :

— Dans ce roman tonitruant, chéri, on ne ressent pas ce que tu as éprouvé en le rêvant.

— Qu'est-ce que tu veux dire ?

— La sincérité d'un auteur et ce que l'on perçoit en le lisant, ça n'a rien à voir. Regarde chéri…

Françoise saisit mon bambou et le plonge d'un coup dans le bassin en me disant :

— … ce bâton semble cassé à cause de la réfraction, n'est-ce pas ?

— Oui.

— Si tu veux qu'il paraisse droit, *il faut le briser avant de le plonger dans l'eau.* Échappe-toi du piège de la sincérité. Écrire du roman, c'est duper les autres et soi-même avec enthousiasme, c'est faire ça…

Joignant le geste à son propos, Françoise brise
le bambou et le remet dans le bassin : alors, pour
des raisons d'optique, il a l'air subitement droit.

— C'est Céline qui m'a appris ça. Un type
avec qui j'ai pourtant peu d'accointances sentimentales… a-t-elle grogné. Mais il avait raison,
l'amateur de matous avec son génial charabia : on
ne fait entrer la vérité dans un roman que par les
jeux de l'illusion. Pas en cherchant à s'en déli-
vrer !

— Et la réalité ?

— Chéri, a-t-elle lancé en figeant brusquement la bouillie de ses traits dans un rictus et en
rallumant son mégot suçoté, on ne te paye pas en
lingots pour que tu nous fasses descendre dans
cette eau froide qu'on appelle le réel.

J'ai embrassé cette femme aux propos si lumineux, suis rentré illico presto chez moi et j'ai
remanié mon texte de fond en comble. Toute
l'action fut soudain située dans une île peuplée de
gauchers, une société à l'envers enfin à l'endroit ;
alors qu'elle se déroulait auparavant dans un univers de droitiers. Tout cela en m'assurant que
cette utopie prenne rang parmi les choses plausi-
bles ; comme si la latéralité minoritaire avait été
un caractère national. *Je venais de briser le bambou.*

Depuis ce jour, à chaque fois que j'aperçois un
bambou je le casse en songeant à ma bouillante
Françoise qui, au tribunal de l'art, méritera toutes
les absolutions. Même s'il est arrivé à ce manitou

de Saint-Germain de trinquer avec la facilité (ne m'a-t-elle pas publié ?). Sur sa tombe, je n'ai jamais déposé de fleurs, seulement des bâtons brisés. Je reste aussi nostalgique de son cœur hirsute, dru de jeunesse, gorgé d'alcool et d'amour, que de l'inattendu vivifiant de sa pensée. Elle avait l'air d'un sac de peau ; mais quelle épée !

Plus tard, quand je me suis figuré avoir terminé ce bouquin où pullulent les gauchers, elle me lança des mots qui me sont restés :

— As-tu essayé de parodier ton livre ?

— Non, pourquoi ?

— Tu devrais, on ne parodie bien que les styles qui se sont trouvés.

Benoîtement, je me suis mis à pasticher mon texte en cours, à pouffer de mes attitudes avec de cruelles ironies ; et c'est alors que, en cessant de prendre mon sujet au sérieux, en moquant mes rengaines et mon lot de tics, j'ai *trouvé* mon livre. Le sourire en coin, je me suis même sans doute guéri d'une partie de mes ridicules (pas tous !). Depuis, j'écris systématiquement des parodies de mes ouvrages avant de les faire imprimer – quelques chapitres goguenards – ; mais je n'ai jamais publié ces exercices de dérision car j'ai, hélas, toujours considéré avec effroi que le pastiche était meilleur que l'original ! Il existe d'ailleurs sur mes étagères de longs extraits de *L'Ile des droitiers* (parodie de *L'Ile des gauchers*), de *Foufoune* (pastiche de *Fanfan*) et de *La Chèvre* (caricature de mon *Zèbre*) qu'il m'arrive de relire les soirs de vaste déprime. Valons-nous tous mieux que nos postures ? Ces textes ricanants et d'une rouerie de bon aloi resteront sous clé à Genève – dans un coffre de l'UBS, là où gît la main courante des amours de ma famille – tant que ma vanité me dictera cette prudence…

Qu'est-ce qu'une femme décisive sinon une fenêtre qui s'ouvre dans un mur que l'on croyait aveugle ? Heureusement, les murailles de mon quotidien furent depuis toujours pourvues de ces baies vitrées. Ce qui désole parfois Dizzy. Rétif à toute mièvrerie, il hait les sagesses nées de l'enfance. Le répertoire des siennes, il l'a plutôt ramassé entre les cuisses de spinoziennes libertines ou chez d'arides maîtresses qui contractualisent leurs étreintes. Sans compter les supplétives onéreuses. À chacun ses sources…

2 – *Mme Equal avait raison*

En classe de cinquième, Mme Equal (quelle poitrine !) m'éleva au rang de bon élève en mathématiques, sans qu'elle m'ordonnât jamais de réviser un cours. Avant elle, personne n'était parvenu à me sauver de ma nullité en calcul. Je ne mordais pas aux études. Devant un problème d'arithmétique, ma pensée se sauvait ; même lorsque Zouzou m'aidait avec douceur. Aucun fesseur donnant de la voix n'y avait jamais remédié.

Les injonctions déconcertantes de Mme Equal, elles, n'étaient pas proférées ; dès lors, il devenait délicat de s'y opposer. Peut-on contester le silence ?

J'ai onze ans. Demi-cancre, je suis scolarisé à Gerson, établissement sans gaieté de la rue de la Pompe, à Paris. Le catholicisme le plus rance s'abat sur moi, incantatoire et sec. Je ne sais pas encore que l'année suivante je vais être catapulté dans une école joviale dite « parallèle », sorte de laboratoire post-soixante-huitard où l'on pratiquait alors une « autodiscipline » baroque et dévastatrice. C'est là, à deux pas de l'Opéra, que je découvrirai le clitoris déconcertant des lycéennes et d'inattendus vertiges sensuels. Brusque changement de pastorale.

Le jour de la rentrée, Mme Equal surgit. Une trogne agricole et une broussaille blonde qui achève de jaunir sur le haut de son crâne. Son tailleur correct n'annonce pas la scène qui va suivre, ni son accent rural qui avoue ses fortes attaches provinciales, du côté de Castres. Elle interroge la classe sur une question d'algèbre qui fera l'objet de son cours. Mon ami Tristan répond avec justesse et, soudain, s'attire cette réponse saugrenue :

— Viré, vous êtes viré Tristan. Filez dans la cour !

— Qu'est-ce que j'ai fait ? balbutie mon pote.

— Vous avez bien répondu. Je vous ai mis 20 sur 20.

Stupeur de la classe. L'air se crible de points d'interrogation. Mme Equal nous explique alors qu'elle ne voit vraiment pas pourquoi Tristan devrait rester en classe s'il maîtrise le sujet abordé.

— Avec moi, les virés sont les bons. Je ne garderai que ceux qui n'ont pas encore compris.

Dix minutes plus tard, je rejoignis Tristan dans la cour avec quelques autres éberlués. La semaine suivante, je savais mes cours par cœur avant d'entrer en classe ; pour pouvoir en sortir au plus vite et jouer au foot avec vacarme. Et nous fîmes tous de même, nous les « virés », afin de ne pas moisir parmi les « inclus » condamnés à végéter devant un pupitre ! Mme Equal est la seule prof de maths qui ait jamais su me motiver indirectement ; *comme si elle avait compris que le plus court chemin entre deux points reste le zigzag.* Elle enseignait sans parler, en virant à bon escient, avec une habileté déconcertante que je ne parvins pas à déjouer. Une année durant, cette femme à forte poitrine mit en échec ma mauvaise volonté. C'est Mme Equal qui m'a appris à travailler seul et à m'arrimer aux études.

Mais à la fin de l'année, c'est elle qui fut virée !

Ses méthodes peu orthodoxes dérangeaient la torpeur de l'établissement… Des parents s'étaient plaints. La moyenne générale frisait les 16 sur 20.

3 – *Maman m'a dit (3)*

J'ai dix-huit ans. Notre appartement de la rue Mesnil, à Paris, est vide. Désœuvré, je fouille un placard de ma mère pour mieux la sonder et fais tomber par mégarde une boîte en carton. Une carte du Parti socialiste de 1981 s'en échappe. Troublé, je la ramasse et y lis le nom... de ma mère, dont j'ignorais totalement les idées politiques (ni même qu'elle en eût !). Son retrait habituel des débats, très persuasif, ne laissait rien poindre de ses élans civiques. En rangeant la boîte, fort étonné de cet engagement, je trouve alors une seconde carte, toujours de 1981, mais du Parti gaulliste cette fois ! Toujours au nom de ma mère. J'en reste les jarrets cotonneux. Comment peut-elle être dévorée par un double prosélytisme ? Ma mère serait-elle aussi ambidextre que mon curieux grand-père paternel ?

Le soir, elle rentre du boulot, exténuée de fatigues morales. Le salariat ne convient guère à sa substance foncièrement libre. Je lui tends les deux cartes peu compatibles (surtout à l'époque !). Ma mère esquisse un sourire et me dit :

— Tu me voyais renoncer à une face de la vie ?

— Alors tu es au centre ?

— Non, engagée de toute part.

— Mais...

— Mon chéri, *ne néglige aucune région de ton esprit... Aucune !*

4 – *Les contre-dictées de Mme Folichet*

En septième (CM2), la providence m'avait placé en face d'une maîtresse faiblement acclimatée aux méthodes d'enseignement classiques. J'aimais ses seins laiteux excessifs, la translucidité inespérée de ses robes soyeuses et son zozotement doublé d'un fort bégaiement. En une seule année, Mme Folichet redressa mon orthographe comique sans exiger davantage de travail. C'est elle qui m'installa dans une délicieuse estime de moi-même ; alors même qu'elle ne brillait pas particulièrement par ses qualités pédagogiques. Le personnage semblait même un peu fade, sans musique intérieure, quasi atonal. Après les premières semaines, le temps de mesurer l'ampleur de nos lacunes, elle nous tint ce discours :

— Dé-désormais, vous su-subirez deux ffois la même dictée. La p-p-première fois, je vous de-de-demanderai de faire le plus grand nombre possible de fautes d'orthographe, de conjugaison et de grammaire. La deu-deuxième fois, vous en ferez le moins possi-ssible.

Contre toute attente, c'est en cherchant à faire beaucoup de fautes que j'appris à en faire moins. Et c'est une bègue qui me sauva de ma dysorthographie. La méthode des contre-dictées vint en effet à bout de mes déficiences. Pour commettre des erreurs, il faut s'interroger sur la règle donc la manipuler et pratiquer, d'une certaine façon, une vigilance grammaticale. *Qui a dit que c'est en cherchant à rejoindre un but qu'on l'atteint effectivement ?* Qui a dit que les stratégies directes étaient les plus pertinentes ?

5 – *Prouvez-moi que je suis normale*

La très narcissique Giovanella possède de grands yeux verts pleins de complications. Artiste avide de paroxysmes, elle vit indéniablement « hors du carré » ; pas seulement parce que cette frénétique passe plus de temps sur ses décors de cinéma, à Cinecittà ou à Pinewood (elle y a d'ailleurs élu domicile), que dans notre réalité si mal éclairée. Ce qui suffirait à altérer le sens du réel d'une personne plus pondérée. Gamine, déjà, Giovanella s'inquiétait de son curieux état psychique qui la porte aux incandescences. *Suis-je normale ?* se demande sans cesse cette âme latine. Et puis un jour, elle trouva dans un magazine italien de psychologie – qui relatait une expérience yankee – une solution divertissante pour obtenir une réponse fiable à son interrogation. Restait à mettre en œuvre la procédure cocasse décrite par cette revue très sérieuse.

Entre un tournage lambin de Bertolucci et un autre, très gesticulatoire, de Stephen Frears, Giovanella sollicita un internement à l'hôpital psy-

chiatrique de Bologne, en se faisant passer brièvement – le temps de l'admission – pour une schizophrène (songeant très sérieusement aux avantages du suicide). Puis elle réintégra aussitôt sa
conduite habituelle, tout en sautillements et en
exaltations. *Si les psychiatres chargés de son cas
l'expulsaient, elle aurait ainsi la preuve irréfutable
de sa normalité.* Ce genre de raisonnement
inversé était tout à fait dans l'esprit bizarroïde de
ma chère Giovanella. Mais rassurez-vous, cette
fille vif-argent reste la seule de mes amis à avoir
pratiqué un séjour volontaire en asile. Dizzy
aurait trop la frousse d'y rester cadenassé pour le
restant de ses jours.

À Bologne, on retint Giovanella cinq jours – ce
délai ahurissant ne laissa pas de la troubler – alors
que toute sa conduite témoignait d'une « normalité » acceptable, en dehors de bouffées prodi-
gieuses de vanité ; puis on la relâcha en la déclarant « schizophrène en rémission ». Pas guérie,
non, *en simple rémission.* Angoissée par cette
estampille, Giovanella réitéra l'expérience à
Padoue, à Milan et, finalement, se fit repérer : elle
se retrouva dès lors interdite d'HP en Italie
comme on l'est de casino. Puis vint la mode,
là-bas, d'ouvrir très largement les portes des
« centres de soins » locaux. Tracassée par le diagnostic troublant qu'on avait posé sur elle à Bologne (« en rémission »), Giovanella voulut persé-
vérer et tenter l'aventure en France. Très intrigué
par ses tribulations psychiatriques, je résolus de

l'accompagner en tant que cobaye en profitant des vacances de Pâques de mes enfants confiés à l'une de leurs grand-mères. Notre amitié de fer – dont il faut extraire toute sensiblerie – s'est toujours nourrie d'expériences communes au bord de la dinguerie.

Nous nous présentâmes sans rire un mardi aux urgences de l'hôpital psychiatrique vétuste de Saint-M., près de Paris. J'en connaissais le patron, Antonin, qui avait accepté de nous laisser tenter cette expérience qu'il jugeait saine pour son établissement. Fair play, ce fin musicologue s'était engagé sur l'honneur à ne pas en avertir le personnel soignant. Afin de nous faire enfermer sans délai, nous déclarâmes que nous entendions des voix autoritaires qui nous recommandaient un suicide par étouffement dans un sac en plastique d'une célèbre librairie. J'ajoutai une note personnelle – sans rire – en affirmant souffrir d'une « confusion persistante entre la réalité et celle de mes livres ». La psychiatre de garde m'identifia aussitôt et trouva des adjectifs fort savants pour qualifier mon état. Cette blondinette potelée paraissait avoir lu quelques-uns de mes romans.

À compter de l'instant de notre admission dans ce lieu sinistre, nous fûmes étiquetés « *schizo* » et tout dans notre comportement – pourtant redevenu banal – fut examiné par la cohorte des blouses blanches à l'aune de ce mot. Quel délire interprétatif ! Ma prise de notes fréquente (sur mes bras, notamment, lorsque je n'ai plus de papier ; une manie d'écrivain) fut incontinent regardée comme un symptôme compulsif et morbide, un « écrire sur soi » surchargé de signification terrible. Le contexte inquiétant modifiait brusquement le sens de mes propos habituels sur le roman. De littéraires, ils devenaient signes de déconfiture mentale. Chacun des paragraphes de mes bouquins se transformait en indice annonciateur de mon dérèglement présent. L'hôpital produisait sa réalité en fonctionnant dans le carré de ses méthodes et de ses croyances.

Malgré l'intervention finale d'Antonin, le directeur, on me relâcha moi aussi en écrivant sur mon dossier à l'encre rouge « en rémission ». Cet épisode m'a glacé. Merci Giovanella de m'avoir exposé à ces heures instructives… sur moi-même ; car je me devine hélas semblable à ces blouses blanches. À chaque fois que je commets la folie d'interpréter une situation, désormais, je me souviens en frémissant de l'hôpital de Saint-M. N'aurais-je pas eu leurs travers ?

Un jour, je le sais, je renoncerai à la tentation malsaine d'avoir des opinions fixes !

6 – *Tout est possible ?*

Jusqu'à un âge avancé, j'ai cru ne pas être capable d'apprendre certaines choses : la cuisine canaille, marcher sur les mains devant les filles, la chimie moléculaire ou sentimentale… Bien que ma chère mère eût œuvré avec zèle pour abolir ce qu'il pouvait y avoir de frileux en moi, je barbotais dans une forme de rétractation. Je m'étais même résigné à ne jamais devenir un as du risotto. Et puis j'ai croisé Babette, une syndicaliste tonitruante, un jour que j'installais un programme d'élèves pompiers dans un lycée de banlieue. À mes heures perdues j'ai, en effet, la manie de courir des causes en fondant des associations. À chacun ses vices.

Babette… J'éprouve une vive admiration pour cette créature incorrigible qui se tailladerait les veines plutôt que de pactiser avec l'inéluctable. Neutraliser le fatal lui tient lieu de religion.

La cinquantaine folâtre, ensevelie sous des robes aux airs d'édredons, Babette est conseillère d'orientation à Garges-lès-Gonesse, ville boiteuse où le malheur se porte bien. Mais où l'on déniche des fantassins qui, comme elle, tentent de déjouer le destin en pleine savane du 9-5. Il faut dire que sa double vie trahit sa conception secrète du monde. Le soir, ce petit bout de femme révoltée est croupière au casino d'Enghien-les-Bains, aux côtés de son gentil mari. Lancer la boule leur donne à tous deux le sentiment de rompre avec l'horreur des déterminismes. La jactance de Babette m'a tout de suite séduit ; elle est bien de ces marathoniennes de l'audace, doublée d'un tempérament incendiaire. Depuis des années,

Babette *expérimente* au collège en faisant fi de toute pratique raisonnable ou seulement prudente ; car son quotidien l'a persuadée que le diagnostic d'orientation ne définit pas le potentiel des élèves, il le crée.

— Une fois le bilan établi, m'explique-t-elle avec virulence, on invente une pseudo-réalité qui le justifie ! En bricolant des interprétations du parcours scolaire ou pénal du môme, de ses origines sociales ou nationales. Et le processus ne s'arrête plus ! Ce foutu bilan finit par être accepté par l'ado qui, en général, s'y conforme !

— Comment pouvez-vous en être sûre ?

— Cela fait dix ans que je donne deux recommandations d'orientation à tous les jeunes que je reçois, dont une tirée au hasard mais valorisante et folklo. Sans le leur dire. Eh bien figurez-vous que dans 70 % des cas les gamins prennent l'option hasardeuse ! Et ils y parviennent ! Ma suggestion crée leur potentiel.

Et moi, ai-je laissé suffisamment le hasard gouverner mes orientations ? Ne me suis-je pas enlisé dans ce que je m'attends à vivre ? En m'interdisant d'apprendre ce que je ne me voyais pas apprendre. Ce jour-là, à Garges-lès-Gonesse, cette extravagante croupière m'a appris à relancer les dés. Je me suis même mis à cuisiner avec aplomb de gentils risottos. La confidence qu'elle me fit en me raccompagnant jusqu'à ma voiture acheva de me convertir aux bienfaits du désordre :

— Vous savez ce que je fais quand ma vie est bloquée ? Du stop ! C'est en levant le pouce que j'ai rencontré les façons de penser les plus inattendues…

— Du stop… mais pour aller où ?

— Là où l'on trouve des antidotes contre la mièvrerie et l'attendu, pardi ! me lança-t-elle avec son incessante bonhomie.

7 – *Les vertus de la porte d'Orléans*

Sur le conseil de Babette, j'ai pris l'habitude de me poster de temps à autre porte d'Orléans, à l'embouchure du périphérique, muni d'un panonceau sur lequel j'écris à chaque fois « toutes directions ». Dès que mon existence patine ou tourne en rond, je m'y rends pour « lever le pouce » avec le fol espoir de rebattre ainsi les cartes. Quel déraillement m'attend ? Eh bien croyez-moi, le panneau « toutes directions » n'arrête que des voitures conduites par des femmes. La plupart des hommes, avides de repères, semblent vouloir savoir où vous vous rendez. Voici ce que cette pratique exotique – faire du stop avec un tel panneau, moi, confit en timidités ! – m'a révélé. Pourquoi cette crainte atavique des détours ?

Pendant un temps, j'ai hésité à mettre en œuvre cette idée farfelue. Mais un soir que je dînais de bons mots avec Dizzy transformé en juke-box littéraire (l'un des meilleurs citateurs d'Europe), il me rappela avec sévérité aux exigences frivoles de notre maxime « vivre avant d'écrire » ; obligation stipulée en toutes lettres, par avenant, dans mon nouveau contrat signé avec les éditions Grasset. Dizzy ne voyait vraiment pas comment je pourrais me soustraire à une opportunité pareille ; même s'il admettait volontiers ne pas m'imaginer levant le pouce porte d'Orléans. Cet élégant tombé mystérieusement à gauche ne tolère que les attitudes proustiennes ; ce qui exclut sans conteste la pratique rustique du stop, fût-elle à visée expérimentale. Ma crainte du bizarre fut balayée par ce coup de semonce.

C'est ainsi que j'ai eu la chance de rencontrer des individualités follement instructives aux tropismes étranges. Ces femmes de la porte d'Orléans – dont Liberté redoute tant les séductions aléatoires ! – m'ont toutes transmis (ou presque) quelque chose qui m'a fait extravaguer. Peut-être faut-il être un peu *particulière* pour embarquer un inconnu qui affiche un tel panneau en carton… Lorsque la voiture s'arrête au milieu du déferlement de carrosseries, j'ai rituellement droit au « vous allez vraiment n'importe où ? ». Ma réponse est invariable : « Seulement si en chemin vous m'apprenez quelque chose. »

Bizarrement, j'ai croisé un soir porte d'Orléans une ancienne habituée de l'hôtel Lutetia, une coquine qui avait dû longtemps vivre dans l'insouciance de son corps et qui fut probablement une cliente de mon vieil ami membre du Conseil constitutionnel. Une autre fois, le hasard s'est montré libéral : je suis monté à bord de la cylindrée de la fameuse Alice qui avait tenu son mari pour un emploi fictif (l'ex-Victoria de la rue Mesnil), cette Suissesse enjôleuse qui, avant de me violer, avait été élevée avec des gorilles de Singapour (décidément, cette femme surgira toujours là où je ne l'attends pas !). Après notre embardée, elle avait sombré dans les oubliettes helvétiques de ma mémoire. Nous fîmes ensemble le voyage jusqu'aux rives du Léman, sans palpitations. Alice avait désormais le front chargé de préoccupations et, en lieu et place de son nez ravissant de jadis, une proue de chair atrocement refaite. Sa bestialité semblait s'être éteinte. Il ne fut pas une seconde question de la générosité – jusqu'à la prodigalité – de son corps charmant d'antan. Tout expire ; même la libido des filles dressées parmi les jeunes primates. En quittant sa voiture, elle a disparu pour toujours de mes écrans radar.

La dernière téméraire à m'avoir fait monter à bord de son véhicule était principale d'un collège de Vaulx-en-Velin. La cinquantaine sexy, rabelaisienne et d'une cordialité parfaite. Au bout de quelques kilomètres, l'atmosphère de confessionnal improvisé était déjà bien installée. Martine ne tarda pas à me dérouter :

— Vous savez pourquoi nous avons de très mauvais résultats dans mon bahut ? Parce qu'on a besoin d'échec pour donner une raison d'être à cet établissement prioritaire. Et pour entretenir notre vision du monde. C'est dramatique : nous tenons à ce qu'il y ait des victimes de la société, quitte à les fabriquer.

— Vous… plaisantez ? ai-je balbutié.

— Hélas non. Je crois que si l'on faisait réussir tous nos élèves, nous devrions renoncer à tant de pratiques et à tant de convictions que nous ne pourrions pas le supporter !

En vingt secondes, cette Martine provoqua d'inquiétants craquements dans l'édifice de mes certitudes. Elle venait brusquement de me faire douter de toute l'approche sociale auquel mon pays s'adosse depuis des lustres. Les trois heures qui suivirent auraient ratatiné tous les factionnaires de la bien-pensance. Ceux qui, comme moi, croient en l'action éducative et sociale de terrain n'ont-ils pas un besoin vital de l'échec et de la pauvreté ? Nos solutions n'entretiennent-elles pas la déshérence de nos quartiers les plus difficiles ? Et si cette façon de penser – odieusement paradoxale – recelait une plus grande part de vérité que nos certitudes moelleuses et bardées de logique ? Qui nous abrutissent d'angélisme…

Je retournerai porte d'Orléans.

D'où me vient ce besoin de tordre le cou à mon ADN trop parisien ? Quand ma mère mourra, qui m'imposera de demeurer chaque jour une impulsion, un départ constant, un vif désaccord avec moi-même ? Liberté, bien sûr…

8 – *L'œil du silence*

Tard dans la vie, j'ai cru qu'il fallait communiquer plus pour s'entendre mieux ; et qu'une relation de cœur se forge par la causerie. L'époque n'incite-t-elle pas à souscrire à cette fadaise ? Et puis un jour, j'ai reçu une lettre bizarre et pressée (écrite sans ponctuations, comme pour ne pas freiner la pensée) signée par une Zelda entreprenante. Cette lectrice, lassée de tripoter mes livres, avait résolu de transposer dans la réalité un chapitre de mon roman peuplé de gauchers ; comme pour effacer le mensonge que j'avais fait en le concevant. Dans ce passage, il est question d'une « île du silence » vouée à l'observation réciproque des couples. Muette de naissance, Zelda me rapportait qu'elle avait ouvert un hôtel modeste au Vanuatu (ex-Nouvelles-Hébrides), sur une île silencieuse qu'elle avait récemment acquise. Personne n'avait le droit d'y parler. Elle m'y invitait avec Liberté afin que je puisse tester ma propre idée.

Ce courrier me fit tout d'abord l'effet d'un conte, voire d'une plaisanterie. Je le montrai à Dizzy qui eut une réaction pertinente :

— Ça a l'air faux, donc ça doit être vrai. Fonce !

Ma curiosité en pétilla. Je répondis aussitôt à Zelda et compris vite que l'affaire, pour étrange qu'elle fût, était exacte : mon roman avait bien inspiré la création d'une « île du silence ». Six jours plus tard, je m'envolai avec exaltation pour Nouméa en compagnie de Liberté, via Sydney, où nous montâmes à bord d'un hydroglisseur au minuscule aéroport de Magenta, à la lisière du lagon calédonien (cette zone lumineuse du globe fait partie de mes terrains de jeu).

L'île couronnée de végétation et cernée du plus beau sable m'apparut par le hublot, à l'occident d'Espiritu Santo : une grosse motte de terre aborigène qu'un cyclone aurait arrachée au continent austral. Du vert profond tachant de bleu le Pacifique.

C'est dans la moiteur copieuse du Vanuatu que Zelda, une brunette nerveuse et hâtive, m'accueillit sans proférer une parole. Douze bungalows silencieux flottaient dans ce lieu sans mots négligé par l'Histoire. Autour de nous, aucun choc d'empires ne retentissait. Dans l'air, on ne percevait pas ces clameurs d'autrefois qui font qu'en Europe les villes, mêmes assoupies, ne font jamais silence. Le mutisme le plus complet étant de rigueur parmi les îliens, la langue des signes était également proscrite. Nul bavardage manuel à l'horizon. Une clientèle discrète se contentait du langage des yeux pour dialoguer dans cette

Provence luxuriante et sans cigales, pleine
d'humidités filtrantes, zébrée de cocotiers et vir-
gulée d'oiseaux bariolés. Personnage poétique,
Zelda avait fait peindre des sourires sur les
visages du personnel de l'hôtel ; en hommage à
ma grand-mère, je suppose (mon aïeule faisait de
même).

Pendant onze jours, allégé de tout babil, j'ai pu
observer qu'on favorise mieux la communication
en l'interdisant qu'en la prônant ; car s'obliger à
ne pas parler n'a que peu de chose à voir avec le
vide. Et encore moins avec le dessèchement de
l'indifférence. Vidangé de son trop-plein de
mots, le monde devient alors transparent ; *comme
si la parole empêchait les dialogues de grande
amplitude*. Jamais je n'ai eu autant le sentiment
d'échanger avec celle que j'aime. Dans le vacarme
de notre mutisme, au bord du grand soupir de
l'océan, chaque regard de Liberté se mit à compter. Tout gémissement avait valeur de discours
incandescent. Le moindre devenait colossal. C'est
là-bas, épargné par la dérobade du langage, dans
cet ermitage des tempêtes tropicales, que j'ai
appris ma femme. En la dessinant bouche cou-
sue, je l'ai mieux sue. Les grandes baies secrètes
de son âme me sont apparues, ainsi que ses anses
dissimulées et envasées. Ai-je capté d'elle ce
qu'un mari bavard ne voit plus ?

Parfois, grâce à la frénétique Zelda, nous or-
ganisons en Touraine des « week-ends silencieux »… avec fous rires garantis ! Sur une île de

la Loire où nous campons à l'improviste, loin du
ronron de nos palabres parisiennes. La dernière
fois, j'avais convié le disert Dizzy, si prompt à se
dissimuler en causant. Il me semble, après trois
jours de diète verbale, que je connais désormais
moins mal ce campeur philosophe. Le silence va
bien à sa sincérité. Les lèvres serrées, il m'a avoué
bien des meurtrissures que ses paroles taisent
habituellement. *Au fond, les lieux qui entravent la
communication la stimulent* : en prison tout se
sait, dans un milieu clos une cachotterie ne se
propage vraiment vite que si on tente de la juguler. Les relaxés le savent bien. Ainsi va la bizarrerie du monde, si prompt à fonctionner au rebours
de toute raison !

9 – La malédiction qui sauve

Février 2001, tribunal de Nanterre. La juge
des enfants qui me fait face semble usée par
l'absurdité de son métier. Les multirécidivistes
qui constituent son ordinaire ont liquidé ses illusions. Elle fait craquer ses gros doigts (ils semblent greffés sur des mains de singe qui jurent
avec sa frêle carcasse). Je suis là pour mettre en
place une association qui tente d'augmenter le
lexique des jeunes délinquants ; et j'ai besoin de
son soutien. La paupière lasse, la magistrate avise
le gamin de quinze ans qui lui fait face effronté-

ment. Un de ces gosses qui contrôlent un « territoire de vente » et qui mourront avant vingt-cinq ans, occis par un rival plus gourmand. Il est près de vingt et une heures. La voix de la juge s'étire comme une longue fatigue :

— Trente-trois plaintes du voisinage, sept travaux d'intérêt général non effectués, cinq expulsions d'établissements divers, trois mesures d'accompagnement éducatif, cinq internements en centre éducatif fermé…

Son timbre se fêle. La magistrate reprend sa respiration et soudain sort de son amère hibernation, avec une rage tribunitienne :

— Écoute-moi bien Olivier, t'es un zéro, une sous-merde. Et je pèse mes mots. Des gars comme toi, j'en vois trente par semaine. Tous finissent en taule ou plantés dans une cave. Je ne vais même pas faire semblant de te rappeler à l'ordre parce que je sais que ça ne sert à rien. Tu es foutu d'avance ! L'école croit que je peux quelque chose pour toi. Tes éducateurs le croient aussi. Ta mère également. Mais la vérité, c'est que je ne peux rien !

Je reste abasourdi. Comment cette juge ose-t-elle se débonder ainsi devant ce gosse ? Et abdiquer ouvertement en tapant du poing ? Éreintée d'impuissance, furibarde de réprimander en vain depuis un quart de siècle, elle craque et assure au môme qu'elle sait qu'avant leur rendez-vous de la semaine suivante il aura déjà commis de nouveaux forfaits. Elle lui avoue même carrément qu'elle trouve sa fonction inutile ou, au mieux, dérisoire ! Sa tirade, à la fois pathétique et d'une folle sincérité, me laisse pantelant. C'est si rare une grande personne quittant son rôle… Au bout du rouleau, la juge ajoute :

— Quand on se reverra, la semaine prochaine, apporte-moi tes bulletins, rien que pour vérifier ensemble qu'ils seront bien nuls et archinuls ! Je peux te le prédire. Tu es une sous-merde !

Éberlué, l'adolescent s'en va à reculons, sans rien bafouiller. À quoi s'attendait cet habitué des tribunaux ? Au sermon classique, rituellement radoté.

Huit jours plus tard, je retrouve Olivier dans le même bureau, à Nanterre. Son œil est plein de défi ; sa pupille sent le béton. Contre toute attente, les forces de l'ordre ne l'ont pas arrêté pendant l'intervalle. Avec un regard de bravade, il jette sur le bureau de la juge trois copies aux notes… honorables ! Elle les scrute et, les nerfs empelotés, éructe :

— Ça ne prouve rien, c'est du hasard ! Tu es une sous-merde Olivier et tu finiras comme je l'ai prédit ! Pour te prouver que j'ai raison, je te donne à nouveau rendez-vous la semaine prochaine. Tu auras commis au moins trois délits et tes notes seront nulles, comme toi ! Allez ouste, sous-merde !

La semaine suivante, et les suivantes encore, les notes d'Olivier se redressèrent avec obstination. À son tour, il tapait parfois du poing en récoltant des 20 sur 20. En courant le risque insensé d'être sincère, de reconnaître son impuissance et de se placer hors de tout comportement raisonnable et professionnel, cette juge avait enrayé le cycle délits-réprimandes qui ponctuait l'effritement moral de cet adolescent. Sans doute l'avait-elle mis, à son insu, au défi de prouver qu'il n'était pas « comme les autres ». Le pessimisme le plus noir est parfois nécessaire pour faire renaître l'espoir.

Cette femme démissionnaire est de celles qui m'ont appris à faire confiance aux attitudes désespérément paradoxales. En théorie, un homme eût sans doute pu faire de même ; mais en pratique je ne le crois guère. La gravité masculine sans complexes, impardonnable, ne convient pas à ma boulimie de bizarrerie. Les paons n'ont jamais été de ma famille. Le sexe fier aura toujours le tort, à mes yeux, de ne pas ressembler assez à mon père. Au fond, *sa mort par excès de vitalité m'a dégoûté des hommes.*

10 – *Crime et châtiment*

Été 2002. Coup de fil de mon amie Cécilia à minuit : elle me réveille en sursaut d'un sommeil chimique et me somme de rappliquer, avec dans sa voix robuste, une voix de commandement, des nuances rudes de corsaire (Cécilia descend en zigzag du grand Malouin Duguay-Trouin et est parente éloignée du génial Roberto Benigni) :

— Rapplique coco, je vais peut-être photographier un meurtre !

— Si c'est une plaisanterie, elle est cracra, dis-je atteint d'une forme de viscosité mentale.

— La fille veut en finir.

— C'est un suicide ou un meurtre ?

— Les deux. Ou plutôt un vote de confiance dans l'au-delà, tant elle est dégoûtée par cette terre.

Sans réveiller Liberté, je me faufile hors du lit chaud et me sauve dans un Paris désert pour rejoindre Cécilia toujours en semi-cavale avec ses téléobjectifs. Cette amie de longue date est paparazzi planétaire, d'une surhumaine générosité et lesbienne ; d'un modèle à la fois rustique et vernissé de culture gréco-latine. J'aime le tempérament de mousquetaire de cette délicate tête brûlée, as de la photo volée, mi-voyou mi-fan de Tacite. À l'échographie, on devait déjà voir que cette costaude était disposée à engueuler le destin. Chez elle, en Bretagne, trône dans son salon un bocal rempli de formol qui contient l'oreille gauche du dernier *picture editor* du *Daily Mail*. Ce journal anglais malodorant, réputé mauvais payeur, refusait d'entendre ses mises en demeure. D'un coup de cutter ajusté, Cécilia rappela un jour son interlocuteur à l'ordre en atteignant l'organe déficient ; puis elle diffusa la photo de l'oreille tranchée à ses vingt-deux correspondants

étrangers, histoire de se faire mieux écouter.
À compter de ce jour, ses problèmes de paiement
se raréfièrent.

J'arrive à l'adresse indiquée, dans la chambrette que Cécilia a louée provisoirement : sa
planque y est établie. Encore amolli par les psy-
chotropes, comme on l'est à l'échappée d'un lit,
je jette un coup d'œil dans son téléobjectif et
aperçois une créature diaphane au corps nerveux
qui s'adonne à une fornication musclée. La scène
s'offre dans une lumière bizarre, incertaine.

— Qui est-ce ?

— Celle qui va mourir : Électre, héritière
d'une famille d'armateurs grecs, pas les plus fau-
chés, une starlette de la jet-set mondialisée, à la
proue de la mode. Du gibier de ragots.

— Qui veut la tuer ?

— Elle-même ! Cette fille s'emmerde telle-
ment dans sa vie scintillante qu'elle a payé un
professionnel pour l'abattre quand il le souhai-
tera ; histoire de donner du prix à chaque
seconde qui lui reste. Et comme elle veut que sa
sortie fasse la une des canards du monde entier,
elle m'a prévenue. Sacrée histoire ! C'est fou ce
que ça peut faire les riches quand ça ripe, hein ?

— Et tu l'as crue ?

— Oui. J'ai assisté en direct au versement de
la première moitié de la somme. Tu sais, les vrais
rupins sont fêlés. À Madrid, la jet-set organise des
courses de bagnoles neuves sur les autoroutes en
les remontant en sens inverse ! Ce à quoi on va

assister plein cadre quand elle rendra l'antenne, c'est juste une variante.

Dégoûté par cette frivolité macabre, je suis retourné me coucher auprès de Liberté qui, elle, abrite de plus beaux songes que ceux d'Électre. Mais cette histoire estivale – aperçue dans les nuées d'un réveil brumeux – m'a longtemps tracassé ; surtout depuis qu'elle a été publiée dans la presse à la suite de l'« automeurtre » de cette égarée vivant dans les émulsions mondaines. Le cliché tant désiré par la victime fut pris par Cécilia. Discrètement, elle a reversé les bénéfices de son négatif sanglant à la Croix-Rouge.

J'en ai souvent reparlé avec Cécilia qui m'a assuré que cette Grecque, autrefois sous antidépresseurs, n'avait jamais paru aussi pimpante et équilibrée que depuis qu'elle s'était mise à vivre avec la certitude qu'un tueur allait écourter son bonheur. Quand on traque une cible au téléobjectif, on apprend vite à renifler ses émois. D'ordinaire avachie dans l'égocentrisme ou ratatinée de drogues qui la menaient à la lisière du coma, Électre s'était brusquement tournée vers les autres et les joies simples. Loin de ses festoiements sans limite, elle s'offrit même de belles tranches de rire. Ce contrat contre elle-même avait été sa façon d'entrer en dissidence contre sa médiocrité. L'insouciance objective ne peut-elle naître que de l'imminence du drame ?

On ne vit à pleine brise, toutes voiles enverguées, que dans la terreur du calme plat. Quelque chose en moi se réjouit à cette idée, comme si j'avais besoin de cet illogisme qui fait écho à mon enfance désordonnée.

11 – *Mme Éléphant a une idée*

Mon ami Dominique est secrétaire général de l'Éducation nationale. Son costume de grand commis de l'État ne fut jamais une livrée, souvent un corset de torero, parfois un habit de pierrot. Je sais des chose inouïes de poésie sur ce personnage bridé et sobre en épithètes : Cécilia me fournit de temps à autre, à titre gracieux, un petit rapport sur ses activités réelles ; ainsi que sur certains de mes proches. Son génie de la filoche et de la planque inattendue fait merveille. J'aime connaître l'envers des vies officielles, souvent plus touchant que la devanture. Et ce goût, en vieillissant, ne fait que s'affirmer. Un soir, Dominique m'appelle du ministère. Sa voix de caudillo hilare, habituée à se briser dans les impératifs, se fait douce cette fois :

— Allô ? J'ai dans mon bureau quelqu'un pour toi, Mme Éléphant, proviseure d'un lycée en Haute-Marne. Saute sur ton scooter, on t'attend.

Je déboule et arrive… en retard rue de Grenelle. Mme Éléphant a dû filer pour ne pas rater un train pressé. Dominique, torse nu (quand il travaille seul au ministère, tard le soir, il ôte sa cravate et se met volontiers en tenue de fakir), me raconte toute l'affaire. Cette proviseure émérite, bien notée malgré ses foucades, connue pour son coffre et sa motivation baroque, a écrit au rectorat il y a quatre mois. Sa déclaration d'intention a cette fois jeté un froid dans les corridors de l'Administration : « Puisque l'action éducative ne peut plus avoir lieu normalement dans mon établissement, je cesse de faire semblant. *Désormais je m'emploierai à faire échouer les élèves* ; ce qui, après tout, ne saurait aggraver notre situation. Ma position sans ambiguïté aura au moins le mérite de tirer la sonnette d'alarme. »

L'équipe enseignante, les élèves et les familles découvrirent avec stupeur un lundi matin la nouvelle ligne de madame la Proviseure : foncer avec véhémence vers l'échec ! Tout le monde s'en émut. À quoi rimait une telle attitude ? Les parents, interloqués, se mobilisèrent. La presse locale s'indigna (enfin !). Les professeurs déclarèrent qu'il fallait réagir (enfin !). Les adolescents, eux, paniquèrent (enfin !) : ils voulaient bien rater leur scolarité avec mollesse mais pas qu'on leur imposât une disqualification obligatoire. Le désarroi de Mme Éléphant était parvenu à désorganiser le désordre.

Ce coup de folie revigora les enseignants qui avaient baissé les bras, ranima la maigre vigilance des familles et plaça les élèves dans la surprenante position de réclamer plus de sévérité. L'action éducative put redémarrer dans ce coin étiolé de la Haute-Marne.

Dominique me donna le numéro de téléphone de Mme Éléphant. Femme honnête et fine stratège, elle me livra la clé de sa manigance :

— Savez-vous monsieur l'écrivain comment on éteint les incendies pétroliers les plus virulents ? En faisant éclater une bombe. L'effet de souffle est la seule solution !

— Vous étiez certaine de votre stratégie ?

— J'ai la certitude que lorsque les gens ont cessé d'être raisonnables, il faut leur parler autrement.

Depuis ce coup de fil décisif, je fais chanter à mes enfants – lorsque nous migrons en voiture vers les vacances – une sorte d'hymne familial qui s'accompagne d'une chorégraphie un peu spéciale. Le refrain, entraînant en diable lorsqu'on le scande avec fierté, combine tout ce à quoi je souhaite les voir échapper en vieillissant :

Étriqués nous resterons,
Mesquins, obtus, pingres et rancuniers
Telle sera notre devise
Étriqués nous resterons !

N'est-il pas raisonnable de causer ainsi aux enfants ?

12 – *La lesbienne, le taxi et le racisme*

Place de la Madeleine, un soir de novembre. Je saute dans un taxi avec Cécilia, pressée d'aller chaparder des photos illégales d'une starlette pendue au cou du petit-fils de son mari. Pourquoi suis-je si insensible au cynisme joyeux de cette margouline ? Comme saisi par un sommeil éthique. Peut-être suis-je de ceux pour qui les êtres qui défoncent la normalité sont des bénédictions ; même si leur morale présente certaines élasticités. Que voulez-vous, ils pollinisent mon imagination. Avec ces irréguliers, rien n'est certain ; cela me rassure.

À la radio, les infos blablatent sur un fait divers mettant en cause *des jeunes*. Le chauffeur du taxi, aigre et rassis, se permet soudain des propos paisiblement racistes, façon crapule débonnaire. Je pâlis, prêt à bondir et à lui arranger sa cirrhose. Cécilia me serre le bras pour me retenir. Prenant le parti du diable, ma coupeuse d'oreille anglaise répond alors sur un ton poissard :

— Vous avez raison : les nègres pédés et les bicots hétéros, il faudrait les mettre dans des trains pour les gazer. Et hop ! Tous au four, en batterie !

— Au four ? bredouille le chauffeur, soudain tourneboulé par ce verbe assassin qui outrepasse ses propres cochonneries.

— Oui, insiste Cécilia, surtout les enfants… Il ne faut pas laisser les petits dans la nature. Ce qu'il faut, c'est traiter le problème à la racine, en très grande vitesse, dès les premiers mois… Avec l'aide du TGV, on fera des merveilles !

— Peut-être pas les enfants… et pas dans des trains, bafouille l'imbécile brusquement choqué.

Dix minutes plus tard, c'était le chauffeur, scandalisé, qui prenait la défense de « ces pauvres immigrés ». Finaude, Cécilia avait évité de renforcer le point de vue de l'ignoble par des propos trop prévisibles. En se précipitant bille en tête dans l'innommable, cette nature de femme avait réussi à déstabiliser ce malotru qui, soudain, prenait conscience que ses propos lancés machinalement ouvraient la porte à l'horreur. *Pour freiner il faut parfois accélérer.*

Parfois, je me demande pourquoi je tombe encore dans les illusions de la raison alors que je suis moi-même, j'en conviens, ce qu'il faut bien appeler *une aberration statistique.* Combien d'hommes, postés porte d'Orléans, auraient cueilli les fruits que le Dieu hasard leur envoyait ? Car j'y ai souvent rencontré des femmes que j'aurais voulu de tournure plus antipathique ; et surtout dotées d'un corsage moins exubérant. Un essaim de tentations. Eh bien non, je ne suis pas frôleur. Contre toute logique, je me trouve – enfin ! – épanoui par une remuante fidélité.

13 – *La naine patriote*

Bien que républicain tripal, j'ai longtemps pensé qu'il convenait de parier sur les communautés qui constituent les terroirs urbains de notre nation. N'est-il pas vain de nier l'utilité de ces communautés en cultivant l'illusoire d'une égalité formelle ? Et puis, une naine de fort calibre est venue dissoudre ces pensées en fulminant une requête.

Un soir que je lisais mes courriels, un message fixa mon attention avant de me faire éclater de rire ; je n'y vis pas d'abord d'étroitesse morale. Libellé dans un anglais énergique, il m'était adressé par la présidente de l'*American Undersized People Association* de Phoenix, établie en Arizona. En termes athlétiques, cette éminente Sweety Harweiller m'informait de son intention d'acquérir les droits de remake de mon film *Fanfan*. Elle souhaitait en tourner une version particulière, « jouée exclusivement par des personnes de taille réduite ». Il s'agissait ni plus ni moins de remplacer Sophie Marceau par une naine à la sensualité frémissante. Cette association pugnace, arc-boutée sur une morale militante de télévangéliste, prétendait agir « au nom de l'intérêt spirituel des personnes de petite taille ». Plèbe minoritaire qui, selon Mrs. Harweiller, souffrait d'une image dépréciée dans nos sociétés vouées à l'éloge du haut, de l'altitude et du gracile. Pour agir efficacement contre ce préjudice quotidien, l'*American Undersized People Association* (AUPA) avait formé le projet de développer une *culture naine* autonome en finançant les remakes rétrécis de films joués exclusivement par des « personnes de grande taille ». L'objectif, ambitieux et estimable, était de proposer aux nains de l'ensemble du globe des héroïnes et des héros valorisant leurs particularismes physiques, afin de briser une bonne fois pour toutes la dictature des canons imposés par les longilignes (surtout les grandes gigues qui se pavanent à Hollywood).

On l'imaginera volontiers, ce message me laissa perplexe.

Je joignis aussitôt Alain T., le producteur de *Fanfan* détenteur de ma confiance (peu volatile) et des droits convoités par l'AUPA. J'aime qu'en lui se combattent mille singularités incompatibles et je raffole de l'obstination qu'il met à paraître ce qu'il n'est pas. Romanesque à l'excès, cet animal hors série s'affiche raisonnable. Suraffectif, il se présente volontiers froid ou blasé en public. Doté d'une curiosité omnidirectionnelle, il raille volontiers les éparpillés et s'il s'installe dans le brillant de l'actualité je l'ai toujours vu passer très au large des modes. Pourquoi pavoise-t-il dans les atours de la réussite alors qu'il n'est qu'aventure ?

Pour commencer, Alain, d'ordinaire prompt à ironiser à coups de litotes, trouva « ma plaisanterie de très mauvais goût » ; puis, comprenant peu à peu qu'il ne s'agissait pas d'un canular mais bien d'une offre assortie de dollars, il consentit à fixer un rendez-vous à Sweety. Producteur racé, maître de ses nerfs noués en toutes circonstances, ce gentilhomme des studios est en quelque sorte un spécialiste des relations improbables. Indifférent aux entrechats des egos dilatés, il ne craignait donc pas la collision.

En préambule, cette activiste nous expédia une « bande démo » présentant des extraits de films étrangers déjà nanisés ; en spécifiant bien que ces images trop rares – strictement réservées à un public de courte taille – ne devaient être diffusées sous aucun prétexte. Sweety et sa fondation craignent l'effet de foire, de curiosité indécente, contre lequel Phoenix lutte avec éthique et véhémence ; on les comprendra.

Il était donc entendu que la version nanisée de *Fanfan* ne serait jamais présentée au Festival de Cannes ; tout comme l'ensemble de leur production qui reste volontairement en retrait des grands marchés mondiaux et curieusement absente du net.

C'est dans le bureau parisien d'Alain T., boulevard Raspail, que j'ai découvert avec effarement une poignée de scènes des *Enfants du paradis* en version naine, de brefs passages d'un *Rocky* flamboyant joué par une doublure minuscule et potelée de Sylvester Stallone qui ne manquait pas d'allonge, suivis de passages tonitruants d'un *Ben Hur* dont le char de modestes proportions était tracté par des poneys. L'acteur succinct, de robuste présence, luttait avec acharnement contre des lionceaux sous les vivats et les huées d'une populace minuscule. Tout le clavier du cinéma mondial semblait avoir été revisité. À chaque fois, les décors et les accessoires avaient été adaptés aux mensurations des protagonistes. Ébahis, nous découvrions qu'à Phoenix avait été bâti dans une quasi-clandestinité une sorte de Hollywood miniature financé par les branches naines des plus puissantes églises américaines. La « démo », efficace, se trouvait baignée par un sirupeux commentaire chorale d'Al Pacino, Tom Cruise et de Danny DeVito, tous trois connus pour leur ardent et généreux soutien en faveur de la cause des très petites personnes.

Alain T. en resta silencieux, cuvant sa stupeur. Habitué à tout secouer dans un shaker de dérision, il ne savait soudain quel sourire adopter. Puis il toussa pour revenir à la surface de notre débat et faire émerger une exégèse de la situation :

— Hum… je ne sais pas quoi dire de ce nationalisme de rase moquette. Franchement, tu vois, toi, Sophie remplacée par une naine dansant au bras d'un Vincent Perez d'un mètre douze ? Tout ça sent le confiné, l'entre-soi…

— A-t-on le droit d'inciter ces gens à s'enfermer dans un intégrisme pareil ? Ça pue la loi raciale, oui !

— C'est vrai que si on cède, murmura Alain, demain il faudra refaire des *Autant en emporte le vent* pour les muets ou les Pygmées ! Et des films japonais franchouillards ! Sans compter les films X truffés de nains qu'il faudra retourner avec des perches ! Eh bien ça me chiffonne parce que le cinéma ça n'est pas fait pour diviser mais pour rassembler… Quand une foule applaudit une projection, elle est unie.

De concert, après avoir gravement débattu avec Sweety, nous avons décidé de surseoir à la vente des droits. Furibarde, elle débarqua à Paris et nous dûmes essuyer son argumentaire vociférant qui suintait l'idéologie étroite et le racisme antigrand ; à un point qui me fit un peu froid dans le dos. Mais, en dignes républicains capables de résister à cette folie venue d'Arizona, nous tînmes bon. Sophie Marceau ne permuta pas avec une naine US ; n'en déplaise à cette néo-apartheidienne qui s'ignore. Homme de principes, Alain T. refusa toute cession juteuse ; avec l'assentiment de nos quelques amis de très modeste taille qui, eux, vomissent les ostracismes. De cette étrange négociation avec cette courte femme qui, brusquement, changeait le cadre de ma réflexion sur les communautés qui pullulent dans notre République, je suis ressorti avec des idées différentes et affermies.

En raccompagnant Mrs. Harweiller jusqu'à la porte, je n'ai pas pu m'empêcher lui poser *la* question qui me turlupinait :

— Que s'est-il passé ? Pourquoi vous êtes-vous lancée dans une aventure aussi radicale ?

— Dear Monsieur Jardin, m'a-t-elle alors répondu avec une absolue sincérité, *quand vous avez un problème et que vous ne pouvez rien y faire, il ne vous reste qu'à changer de regard sur votre problème !*

14 – Maman m'a dit (4)

Fin de l'été 1974, je rentre de vacances. Mon père nous a emmenés – les enfants et l'Arquebuse, si difficile à exporter – pendant six semaines à Hephaïstopolis, cette île grecque où séjournent depuis toujours de juin à septembre les sosies des célébrités mondiales (à l'époque, on rencontrait sur la plage des pléiades de Claude François, une pelletée de Sagan bégayantes, un déluge de Beatles mais également pas mal de Christ en goguette). De retour à Paris, la capitale m'apparaît guindée de tristesse.

J'ai neuf ans et trouve notre appartement de la rue de la Faisanderie fort changé. La décoration rouge sang oxygéné est identique mais le volume des pièces principales s'est curieusement dilaté. En notre absence, ma mère a fait repousser les murs de quelques mètres en louant l'appartement contigu. Cette habitude ne la quittera jamais : ma mère est une femme qui, non contente de brûler ses bibliothèques avec régularité, repousse souvent les murs. Se contenter d'un espace stable, comme briguer le titre de femme fidèle, contrarie l'idée tonique qu'elle se fait de la vie.

Nous nous installons dans notre salon augmenté de quelques mètres cubes autour d'un petit déjeuner. En beurrant une tartine, je l'entends dynamiter ma tranquillité sur un ton définitif :

— Désormais, tout dans notre vie sera provisoire.

— Ça veut dire quoi *provisoire* ?

— Ça veut dire vivant, mon chéri. Au lieu de conserver les choses parce qu'elles sont là, en panne ou par habitude, nous les jetterons, les vendrons, les brûlerons. Notre maison de campagne, par exemple, nous allons la céder si nous n'avons pas une bonne raison de la garder !

Ma mère tint parole. Pendant toute mon enfance et mon adolescence, chez nous, rien ne s'éternisa : la vaisselle (qui est trop souvent une routine), nos bibliothèques, les vêtements quasi neufs, nos convictions, les amitiés périssables, les amours dissonantes avec le temps. Tout ce qui n'avait pas une bonne raison de se perpétuer était annulé, jeté, envoyé par le fond, aboli, révoqué. Nous avons donc échappé à l'universelle fatigue des choses et à l'esquintement fatal de tout. Chaque année, le soir de Noël, il fut même question de vendre Verdelot, notre demeure familiale hors du monde, ce charmant Prieuré du XIVᵉ siècle dont nous raffolions. Ma mère nous sommait tous de lui donner *une seule bonne raison de conserver Verdelot.* Une maison choisie annuellement n'est pas une demeure qui pèse.

Pendant trente ans, nous y vécûmes donc sur le qui-vive tous les week-ends, comme si chaque saison devait être la dernière avant le sabordage. La tension due à cette vente imminente créait une hygiène de vie : chaque dimanche comptait, chaque fête de Noël paraissait à la fois délicieuse et précaire. Si notre occupation des lieux dura, ce ne fut pas par nonchalance. Telle est ma mère : vivre à la paresseuse, au fil des négligences, n'entre pas dans sa religion. Camper sur des habitudes cimentées ou des certitudes fortifiées l'écœure. Sur le buvard qui lui tient lieu de sous-main, dans son bureau, j'ai lu récemment un joli mot du surréaliste Jacques Rigaut : « Et si j'affirme, j'interroge encore. » Voilà tout le carburant de sa pensée.

Il m'est resté de ses doutes obsessifs une curieuse manie du gigotement ; et une manière constante de me frotter aux femmes remuantes qui trimbalent les idées neuves du siècle. Celles qui refusent les aplanissements du politiquement correct et les moirures désolantes de la mode.

Suis-je issu de ses fibres morales ?

L'un des amants de ma mère – personnage fiable s'il en est, clone de Marlon Brando rencontré sur l'île d'Hephaïstopolis avec papa – m'a avoué récemment un détail que j'hésite à révéler. A-t-on

le droit d'arracher certains voiles de la décence ?
Chaque homme de ma mère dut, pour avoir le
droit de la posséder (même fugacement), se faire
tatouer un point d'interrogation sur le sexe. Le
détail est historique ; et probablement exact
puisqu'il est excessif. Jouir est pour elle syno-
nyme d'interrogation commune. Une érection
qui ne la questionne pas ne l'intéresse guère, m'a-
t-on dit. Mon père dut sans doute y passer ; fen-
dillé qu'il était d'hésitations. Avec lui, l'art de
réfuter les certitudes reprenait son rang. Suis-je
issu d'un spermatozoïde en forme de point
d'interrogation ?

III
Oseries et Cie

Neuf femmes insolites – des produits chimiques instables – m'ont converti à la témérité. Elles occupent dans le panthéon de ma mémoire un lopin ensoleillé : celui que l'on réserve aux êtres qui savent distribuer de la joie de vivre. Et qui, faisant fi de toute timidité, terrassent le monde prosaïque.

1 – *Maladie mentalement transmissible*

Trentenaire cuirassée d'audace et tempétueuse, Rosalie a l'âme d'un projectile. Depuis dix ans déjà, elle éclabousse Paris de sa pétulance. Chez cette inconditionnelle de l'improvisation tout est déverrouillé, zinzin et théâtral. Rétive à la normalité, cette blonde culminante n'a jamais eu la faiblesse de prendre un taxi dans Paris. Le métro reste pour elle une abstraction pittoresque ; l'idée d'en faire usage ne l'effleure

guère. Quand Rosalie veut débouler quelque part
– au restaurant La Coupole par exemple pour y
dégoupiller des magnums de champagne en
compagnie de fêtards un peu ministres –, cette
luronne frappe illico à la fenêtre des voitures
arrêtées aux feux rouges et lance aux automobi-
listes : « Je suis en retard, vous ne pourriez pas
m'emmener à Montparnasse ? » Au retour, elle
fera de même en sens inverse, sans imaginer une
seule seconde que l'on puisse être assez lugubre
pour lui dire non. Et ce cirque se reproduit tous
les jours. Ses amis sont le genre humain ; elle vit
tous battants ouverts aux galants de passage. Fille
du Sud alerte, un brin boulevardière et avide
d'accélérations, Rosalie n'est retenue par aucune
forme d'inhibition. Nous nous sommes connus
jadis dans un bordel très littéraire, sis 7 ter, rue
d'Antin à Paris, où je cultivais à l'époque une
amitié philosophique avec une tenancière qui
tenait ses pensionnaires rênes courtes et qui,
comme papa, refusait de porter une montre. Mon
père avait eu des faiblesses pour la gouaille irré-
vérencieuse de cette maquerelle ; dans les années
soixante-dix, il venait souvent lui lire des pages
essoufflées de Nietzsche. Rosalie était l'éclat de
ce curieux établissement – bien qu'elle ne se ven-
dît à aucun prix – où les écrivains de haut bord
et impécunieux ont toujours payé en poèmes ou
en prose (Philippe Sollers y a laissé d'éblouis-
santes nouvelles troussées à la Laclos sur des dos
nus). C'est simple : Rosalie, pressée de courtiser

la chance et d'ahurir Paris, vivait déjà à un mètre du sol. Son sourire reste son sésame, sa vivacité survoltée sa carte de visite.

La première fois qu'elle a stoppé une Rolls devant moi – car cette élégante ne tolère que les embarcations d'un standing minimal –, Rosalie m'a éberlué. J'ai aussitôt compris que Liberté, qui s'y connaît en grandes vivantes, ait pu en faire l'une de ses meilleures amies. Le type au volant de sa Rolls Royce, débonnaire dandy cirrhosé à spencer de toile écrue, se rendait à la Défense et nous étions porte Maillot ; autant dire à un jet de pierre. Elle est alors parvenue à lui faire faire un détour par… Montmartre ! Nous allions rejoindre Liberté au théâtre de l'Atelier. Nous sommes arrivés juste à l'heure de la représentation et notre indolent chauffeur a paru emballé par son périple inopiné ; car Rosalie met de l'enthousiasme en tout, cette sorte d'humeur qui fossoie l'ennui et rend l'instant lumineux. Après la pièce – Michel Bouquet, seigneurial et fatigué de génie, y servit avec adresse un texte râpeux – nous filâmes dîner sur les quais de la Seine en pavoisant à bord d'une limousine Mercedes (splendide bâtiment blindé) ; choisie avec discernement. J'étais heureux comme un type qui ne paiera jamais ses impôts.

À peine assise dans le restaurant, Rosalie avisa une femme gonflée de fatuité qui entrait. Plus vif-argent que jamais, elle tomba avec effusion dans les bras de cette rousse prépondérante : « Marguerite ! Ça fait combien de temps ? C'est fou, tu n'as pas changé. Comment va ce crétin de Jacques, toujours au gouvernement ? » La Marguerite accostée se raccrocha à son boa, balbutia que Jacques se portait aussi bien qu'un benêt peut se porter et lui fit une causette bruyante pendant quelques minutes, en évoquant les mille tracas d'une vie trop officielle ; puis Rosalie se replia enchantée vers nous et me déclara :

— Cette femme dont j'ignore le prénom, je ne l'ai jamais rencontrée ! Et elle m'a parlé comme si je la connaissais. Elle m'a même donné des nouvelles d'un imbécile imaginaire !

Je suis resté stupéfait par son effronterie cordiale, sautillante même, avant de partir dans un fou rire. Rosalie possédait à fond la science du culot. Elle m'expliqua alors qu'elle procède souvent ainsi, en y mettant ce qu'il faut d'aplomb, lorsqu'elle est résolue à ne pas dîner seule ; ce que, dans sa vie de bamboche, elle ne supporte pas. Les bouchées lentes, en solitaire, ça l'écœure.

Ces jours-là, elle surgit dans un restaurant, avise un individu avenant (plutôt hurluberlu d'aspect s'il s'en trouve un) et fait semblant de le reconnaître ; ce qui autorise une subite familiarité, voire des privautés. Rares sont les personnes qui osent lui répondre en toute simplicité qu'ils ne se sont jamais rencontrés. Et lorsqu'ils ou elles le font au bout de quelques minutes, Rosalie avoue sa rouerie et sa passion pour les cahots joyeux. En général cela finit par un éclat de rire, avant de trinquer pour de bon. Rien ne conquiert les hommes comme la gaieté et l'entrain. Rosalie refuse l'idée que rencontrer des inconnus puisse être une difficulté (un reste de ses années de la rue d'Antin ?).

Avec cette fille foutraque au déballé ravageur, je guéris peu à peu de ma timidité congénitale ; celle qui, depuis toujours, me plonge dans une confusion bégayante quand je dois demander mon chemin dans la rue.

Sous son influence, j'ai même tenté le coup du taxi improvisé : ça marche presque à tous coups. Essayez donc comme on débouche une bouteille de champagne rosé ! Pour vous entraîner à vous gaspiller en folies. Ou faites-en une ascèse ; car le bénéfice est ailleurs : à l'instant où l'on ose chaparder cette menue liberté, c'est tout l'édifice de notre personnalité qui retrouve un peu de souplesse et de tonus. Rosalie ne m'a pas appris à me déplacer gratis sur le pavé de Paris à bord de V12 mais bien à doper ma mobilité intérieure. À desserrer le frein à main. Et à jouir d'une joie enfantine en jouant sur les tréteaux de la vie.

Je me suis également amusé, de temps à autre, à tomber dans les bras d'inconnus allègres dans les restaurants, les jours où je ne voulais pas déjeuner seul. Là encore, ce culot potache m'a servi de tremplin : l'après-midi même, j'osais l'impossible sur un plan professionnel ou conjugal. Ma journée redémarrait ; sans que j'eusse

pourtant le déboulé de Rosalie. La témérité
serait-elle une habitude à prendre ?

Un jour que j'évoquais les pétillances un brin
exagérées de cette viveuse avec mon ami Stéphane, il me conseilla de la lui envoyer sans tar-
der. D'instinct, il sentait que Rosalie allait vers la
maladie. Stéphane l'examina et diagnostiqua ce
qu'il avait flairé : une neuro-syphilis parvenue à
son stade d'excitation qui lui imprimait une
cadence organique déréglée. Le liquide céphalo-
rachidien de Rosalie était positif ; une bande de
spirochètes excitaient son cortex gravement
atteint. Stéphane lui expliqua que cette maladie
fâcheuse (mortelle en fait) provoque des désinhi-
bitions spectaculaires et donc des dispersions
folâtres, similaires à celles qu'il obtient en implantant un ballonnet sous le cerveau de ses proches neurasthéniques. Il devait la traiter sans traîner ; ce qui ne poserait guère de problème.
Rosalie eut alors cette phrase désespérée :

— Mais alors je vais devenir *normale* ?

— Non, rassurez-vous. Vos lésions sont irré-
versibles.

— Ah… soupira-t-elle, rassurée de conserver
ses éparpillements et son naturel de feu de brous-
sailles. J'ai cru, tout à coup, que j'allais connaître
le sort de Bérénice.

— Celle du méningiome ?

— Oui. Elle est devenue *si normale*, vous
savez…

Rosalie, plus blonde qu'il n'est décent de l'être, continue donc à se pavaner dans Paris ou sur son île sèche et croustillante de Port-Cros où sa voix domine le mistral sur le port ; et à se tortiller sur les tables avec ma femme (non encore mariée) en brûlant sa grande santé. Étant totalement insensible à ses courbes, je n'ai pas eu le loisir d'attraper la syphilis cérébrale (quelle merveilleuse maladie !) ; mais, par d'autres voies, je me sais heureusement contaminé...

2 – *Allô, ici Claude Guéant...*

Cécilia, mon amie lesbienne (à temps plein) et paparazzi de grande réputation (à ses heures), m'a également contaminé par des voies détournées, au cours de l'été 2006. Liberté et moi étions de passage chez elle, sur son lopin de Crozon-Morgat qui dévale vers l'océan. À ses côtés, j'aime fréquenter ce littoral de coups de tabac et d'orages aux relents d'apocalypse. Prompte à se venger d'avance et à mouliner des imprécations contre les tièdes, Cécilia aurait pu faire carrière dans un chapitre de Dumas. Dotée d'une corpulence à la Churchill, aussi goinfre de barreaux de chaise que cet ivrogne lucide, Cécilia a toujours porté la rouerie en sautoir.

Nous sommes très exactement le 6 août, anniversaire nucléaire.

Infectée de colère, ma d'Artagnan femelle surgit dans son salon face à la mer en aboyant une
tempête de jurons. Fulminante, elle se plante
devant le bocal où flotte l'oreille jaunâtre et poi-
lue du *picture editor* du *Daily Mail*. Cécilia vient
de se faire verbaliser sur le port de Morgat pour
la coquette somme de 750 euros – en s'engouf-
frant par mégarde dans un sens interdit sans cein-
ture – ; ce qui devrait lui coûter en sus six points
de permis de conduire. Pour ne rien arranger,
rogomme, elle a criblé d'injures la police locale.
En soufflant des tornades de fumée de havane sur
fond de clameurs atlantiques. Peu encline à pactiser avec l'adversité, Cécilia se procure sans tar-
der le nom de la directrice de cabinet du préfet
de Quimper, Mme Balibar. Prête pour l'embardée, elle dégaine son téléphone et appelle d'une
voix martiale (sous laquelle perce une joie gamine)
le chef de la police municipale de Crozon-Morgat.

— Allô ? Ici Madame Balibar, directrice du
cabinet de Monsieur le Préfet. Vous venez de verbaliser une certaine Cécilia B., mal embouchée…

— En effet Madame, je l'ai interpellée moi-
même. Je dirais même grossière.

— On le murmure en haut lieu, poursuit-elle
en usurpant tranquillement l'identité de la « dircab » du roitelet de Quimper, mais il s'agit d'une
amie de la France voyez-vous, elle nous a rendu
de grands services à Beyrouth, pour nos otages.
Cet agent a le sang chaud, la colère hezbollique,

le verbe éruptif… Je vous demanderai donc d'être compréhensif. Vous me comprenez ?

Je reste coi, effaré qu'elle ose pareille supercherie. Cécilia se rend-elle compte qu'à tout moment le flic peut lui poser une question glissante ou faire référence à un détail administratif qui la piègerait ?

Trois minutes plus tard, le brigadier chef du coin capitule. Il semble disposé à faire sauter ses PV ; mais la fatalité veut que le dossier ait déjà été transmis au tribunal de police de Quimper. Est-ce trop tard ? Irritée, Cécilia raccroche en affichant une trogne rustaude et combative. Encore sous le choc, je lui fais remarquer que ce genre d'entourloupe avec un galonné pourrait se terminer fort mal.

— Non, mais ce que je vais faire peut-être ! me réplique-t-elle en adoptant un timbre rauque et masculin (contrefaire les voix fait partie de l'ordinaire de son métier de James Bond d'opérette) qu'elle peaufine en allumant un nouveau cigare. C'est quoi déjà le nom du dircab de Sarko ?

— Claude Guéant.

Forçant de voilure, Cécilia reprend son téléphone et joint aussitôt le commissaire de Quimper en se faisant cette fois passer pour… Claude Guéant soi-même, ce bloc d'autorité qui, à l'époque, était directeur de cabinet du ministre de l'Intérieur. Je blêmis. La voix de Cécilia, impeccable, sonne comme celle d'un grand commis de

l'État. Elle adopte même le style rigoriste et ellip-
tique du fameux Guéant, un peu nuque raide.
Tétanisé par cette irruption jupitérienne, le
commissaire se met au garde-à-vous à l'autre bout
du fil. Servile, ce gradé quimpérois comprend
aussitôt qu'il faille arranger sans délai le sort de
« l'un de nos agents à Beyrouth aux colères hez-
bolliques » : il obtempère. Comment ce modeste
commissaire aurait-il pu prendre le risque de sno-
ber le dircab de Nicolas Sarkozy, colossal prélat
de la police peu enclin à la jobardise ? Les points
de Cécilia sont réellement sauvés ; elle vient
d'économiser 750 euros et de s'amuser au passage en frétillant dans ses tongs.

Cécilia raccroche, donne une chiquenaude sur
le bocal où marine l'oreille anglaise et chique une
bouchée de son havane, illuminée d'avoir réussi
aussi simplement, en Ginger Rogers du téléphone portable ; puis elle se sert un verre de tord-
boyaux qui rend immédiatement son pif poly-
chrome. Et elle se campe en grognant de
satisfaction devant l'océan couleur de lointain.
À l'horizon, les dunes fuyantes des vagues se
bousculent. Je lui fais observer que ce qu'elle
vient d'oser est grave : usurpation d'identité,
manipulation d'un fonctionnaire de police, faire
passer le dircab de la place Beauvau pour un
prince-citoyen au-dessus des lois de la République, etc. Que fera-t-elle si le brave (et très arran-
geant !) commissaire rappelle le véritable Claude
Guéant ?

Cécilia éclate de rire et me rétorque :

— Impossible ! Comment veux-tu qu'un minuscule gradé de Quimper téléphone à Paris au ministère de l'Intérieur en disant « allez, passez-moi le bras droit de Dieu » ? Un commissaire, ça passe par douze échelons avant d'oser dire le *b* de bonjour à un Guéant. Non, crois-moi coco, un flic ça obéit. Question de culture.

Soufflé par cette fille kamikaze, je suis resté tremblant comme après une secousse tellurique. À mes yeux, ce qu'elle venait de se permettre était de l'ordre de l'inconcevable ; et de la faute morale. Je n'ai jamais osé faire de même – un vieux fond de civisme atavique m'empêchera toujours de devenir un fripon de plein exercice – ; mais j'aime qu'il existe des femmes capables de m'initier aux plus suaves transgressions. Et de couper les oreilles de ceux qui ne veulent rien entendre. Dans ces instants, je sens le monde plus vaste… et dangereux aussi.

Tout est donc possible ?

3 – De l'assassinat considéré
  comme une initiation

Été 1974, j'ai neuf ans. Je crois encore que le bonheur est tissé de bons sentiments, une sorte d'amplification du bien.

Ma petite voisine helvétique me montre une carabine anglaise dotée d'un silencieux chapardée à son père. Heidi possède un accent valaisan et un minois d'angelot raphaélique. Elle vit à côté de chez mes grands-parents, à Vevey, sur le rivage tiède de ce Léman qui a toujours fait de la clarté avec des gris ardoisés. L'Arquebuse m'a chaudement recommandé cette délurée qu'elle juge capable d'initiatives. Il est vrai que cette gamine solide n'a jamais manqué de vie dans le sang. Gracile, Heidi bondit dans notre barque en chantonnant une comptine, souque quelques dizaines de mètres sur le lac qui étire ses eaux fraîches vers Clarens, vise soudain le grand chien d'un voisin et l'abat en soupirant d'aise.

— Qu'est-ce que tu as fait ?

— *Je viens d'oser.* Tu veux essayer ? me lance-t-elle d'une voix pure, cristalline, en me tendant la carabine et en désignant un cygne immaculé qui, toutes ailes gonflées, promène son long bec.

Fasciné par cet aveu candide qui m'ouvre un océan de liberté, j'épaule dans un état second, ajuste un chihuahua traînard sur la grève et, contre toute attente, l'exécute du premier coup. La tête braillarde et chétive explose. Une dose formidable d'émotion me fouette le visage et me fend le thorax. *Soudain, tout me semble possible.* Je ris nerveusement, réarme, vise un teckel à la démarche incertaine sur une digue, le loupe. Mais en l'espace de quelques heures, Heidi et moi avons discrètement abrégé le sort de trois chats, d'un cygnot aux airs de peluche grise, d'un doberman timide et de deux braves bâtards qui n'avaient pas signé un long bail avec le monde. Un carnage feutré ponctué de fous rires innocents. Nous étions parfaitement indifférents de saboter la quiétude de leurs maîtres. Ah la belle joie inattendue de débonder le tonneau de ses instincts ! La grève entre la Tour-de-Peilz et Montreux fut brusquement nettoyée de ses proies disponibles. Les cygnes aux orgueils sifflants décampèrent en pressant leur masse neigeuse. Et moi, en osant sans modération ce jour-là, j'ai découvert grâce à cette petite Valaisanne que le bonheur d'un être humain ne peut se passer de sentiments très primitifs, vicieux et cruels. Et qu'il y a un fort plaisir à se découvrir différent de ce que l'on imaginait.

Plus tard, Heidi m'apprit à étrangler les oiseaux en écoutant du Vivaldi ; sous le regard méditatif de ma grand-mère.

Plus jamais je n'ai cru que le mal c'était les autres.

4 – *Trop belle pour l'écran*

Porte d'Orléans, un soir de novembre. Je dresse le pouce en exhibant mon panneau « toutes directions ». Il y a des heures où l'on a besoin de rencontrer des gens sans faire leur

connaissance. Au fond, je m'attends encore.
J'espère toujours l'événement qui fera de moi le
cavalier d'un destin galopant ; et non l'écuyer
d'un sort réglé. Une voiture fatiguée s'arrête. Une
femme à la beauté profonde baisse sa vitre, un joli
sourire anthropophage caché derrière des dents :

— Montez avant de faire une connerie ! me
lance-t-elle.

— Pourquoi ?

— Quand on est prêt à prendre toutes les
directions, c'est qu'on n'est pas loin du pire…
Montez !

Quelques kilomètres plus tard, sur l'autoroute
du Sud, je déclare à ma conductrice que sa voix
me dit quelque chose. Nous connaissons-nous ?
Leïla m'avoue alors que, comédienne dépourvue
de nom et de standing précis, c'est elle qui double
en VF une star américaine que je ne peux citer
ici ; vedette magnétique dont je viens d'identifier
le timbre chaud. Les écrans boudent le physique
de Leïla qui, très curieusement, ne prend pas
la lumière. Sa figure n'ensorcelle pas la caméra,
mais sa voix chatoyante est l'une des plus célè-
bres de la francophonie. Prisonnière d'une vie de
doublure, ou plus exactement de souffleuse qui
loue son talent à une autre, Leïla attend, elle aussi,
l'occasion d'être vue, de jouer enfin son propre
rôle. Bien ou mal, cela lui importe guère. Ce
qu'elle espère, c'est quitter la grisaille de cette
existence chuchotée et, surtout, ne plus être un
écho. Touché, je lui confie que je suis moi aussi *le*

souffleur de mes héros azimutés ; ils dansent armés de leur fougue, je pianote devant un écran.

Leïla a pourtant connu une éclaircie. Ken Loach lui-même l'a vue un soir déployer son talent au théâtre des Amandiers, à Nanterre, et lui a confié un rôle (modeste) dans son dernier film. Revanche sur son infortune, elle allait figurer dans une superproduction anglo-saxonne ; et moucher les méprisants en se libérant de la fatalité de l'échec. Péché d'optimisme... Le réalisateur britannique a finalement trouvé son accent trop *frenchy*. Dépité, Loach l'a fait doubler. Leïla n'est jamais parvenue à accoler son image et sa voix sur une même pellicule.

Pour se sentir *héroïne de sa vie*, et non doublure vocale, elle résolut alors, un soir de déprime, de s'écrire des rôles sur mesure qu'elle jouerait dans la réalité. Paris serait désormais ses planches. Timide mais résolue, elle s'inventa d'abord des péchés innommables qu'elle se mit à confesser avec gourmandise dans les églises, sans économiser ses effets. Puis elle se fit passer pour une non-voyante fort maladroite dans les magasins de vaisselle où on la laissa briser mille choses avec entrain ! Enfin elle se procura une tenue de policière – auprès d'une amie costumière – afin d'arrêter les voitures pilotées par des hommes séduisants. Une autre fois, Leïla joua dans un café un chagrin d'amour calamiteux. Ses grosses larmes émurent la clientèle qui tenta de la requinquer.

— Chaque week-end, je me fais un film. Pour rendre mon destin un peu plus scintillant. Je peux vous le dire à vous parce qu'on ne se reverra jamais… Je suis une mytho enthousiaste. Mes miniscénarios font de moi une héroïne. Tout à coup, il m'arrive quelque chose. Vous devriez essayer !

— Quoi ?

— De jouer votre vie. C'est sans risque… Il vous arriverait des aventures au lieu de rester embusqué derrière votre stylo !

Mal à l'aise (cette femme avait quelque chose de ma mère dans le regard), je suis descendu de sa voiture à Mâcon, ville où l'ennui fait carrière. Et où les pucelles le restent sans doute trop longtemps. Leïla bluffait-elle ? Je ne le crois pas ; cette fille bravache avait les yeux de la sincérité. De temps à autre, quand je me sens un peu trop la doublure de moi-même, je repense à cette fille trop belle pour l'écran et soudain… j'ose quelque chose de vraiment fictif !

5 – Le secret de Jeanne

Un soir, j'ouvre ma messagerie internet et trouve un courriel de ma tante Jeanne – exploitante d'un cinéma à Évreux –, troussé à la volée et adressé en copie. Un avis de grand frais couve. Sur un ton enjoué, épargné par le remords, elle se

fait soudain le griot de ses amours secrètes avec
Jacques… *le frère de son mari* ; en avouant au passage que Jacques est bien le géniteur de mes
quatre cousins. Un instant j'imagine la débâcle
d'amour-propre de mon autre oncle subitement
dépossédé de sa quadruple paternité.

La nouvelle me laisse de guingois.

Depuis trente ans, cette bondieusarde nor-
mande avait mené de front sa vie familiale et une
autre existence, ombreuse et charmante, embellie
de mystères ; en se retrempant chaque jour dans
la fraîcheur d'une clandestinité bardée de fantaisie. Les aveux de Jeanne sont explicites. Dédai-
gnant les hôtels complices, Jacques et elle possé-
daient même à cet effet, à l'insu de tous, une
fermette à Pacy-sur-Eure. Les deux illégitimes
s'étaient un jour dit « marions-nous ! ». Finauds,
ils s'y étaient employés chacun de leur côté, afin
de demeurer d'éternels amants. Ils s'étaient donc
établis avec une joie constante dans le regard de
l'autre, à la dérobée de leur famille respective.

Le courriel avait été adressé le jour même à
l'ensemble de notre famille (en copie) car, disait
Jeanne, ce double mensonge leur pesait. L'incen-
die gagna vite notre clan, saisi d'une brusque fiè-
vre quasi paludéenne. On se renvoya aussitôt de
messages affolés, un plein sac de chamailleries.
Zouzou eut beau tempérer les glapisseurs, rien
n'y fit. Si Jeanne, icône de la pureté et d'une
forme catholique de la candeur, avait pu nourrir
une telle fausseté, dissimuler l'ADN réel de ses

fils et afficher si longtemps une fidélité feinte dans le petit univers d'Évreux, le monde restait-il fiable ? Ne fallait-il pas douter de tout et de tous ? L'apocryphe et le trompe-l'œil étaient-ils donc partout ? Comment Jeanne et Jacques, si pleins de codes gourmés, avaient-ils pu contrevenir ainsi à leurs valeurs ?

Le long courriel de Jeanne avait l'énergie du débotté et le vrac d'une confession non préméditée. Elle écrivait dru, indexait son impudeur sur celle des femmes qui se sont trop longtemps tues. On sentait qu'il y avait chez cette sexagénaire trop polie de la jubilation à briser d'un coup, et en public, son armature morale.

Cette « oserie » monumentale, je dois le dire, me fit du bien.

Qu'est-ce qui en nous refuse les joies de la transparence ?

Stimulé par la hardiesse de Jeanne, j'ai cliqué pour répondre à l'ensemble de notre famille (pour une fois que je les tenais tous dans ma ligne de mire !) ; puis j'ai tapé les mots suivants, saisissants me direz-vous tant j'ai pu écrire avec feu sur mon père et revendiquer notre filiation morale :

> « Peut-être suis-je venu au monde plus de travers qu'il n'y paraît.
>
> IL N'EST PAS CERTAIN QUE JE SOIS LE FILS DE MON PÈRE. »

Pour un premier envoi, je ne jugeai pas nécessaire de m'expliquer davantage ; d'ailleurs je ne le ferai jamais. Mais cette déclaration sibylline me soulagea de mes doutes.

Enivré, j'ajoutai un message supplémentaire que j'adressai illico à notre tribu comme on tire à bout portant :

« IL N'EST PAS NON PLUS CERTAIN QUE MON PÈRE SOIT LE FILS DU SIEN. Le lendemain de sa conception, il est possible que l'Arquebuse se soit donnée à un trapéziste. Nous descendons peut-être d'un voltigeur qui vivait sans filet, un acrobate qui galopait dit-on indifféremment sur les pieds ou sur les mains. »

Jeanne avait implanté en moi le goût des carambolages et du chambardement maximal ; celui qui n'en finit pas de visiter nos insomnies. Dieu qu'il est sain de ne pas laisser sa famille tranquille !

Je le crois encore.

Trois mois plus tard, contre toute attente, j'eus confirmation que mon père était bien le mien et mon grand-père celui de ses fils. Bizarrement, il ne m'aurait pas déplu que notre filiation fût un joli roman. Néanmoins, il me semble qu'il subsiste un peu de voltigeur dans notre ADN.

6 – *Lola-téléphone*

Je déboule au Café de Flore. J'ai rendez-vous avec mon éditeur chinois. Une femme aux yeux trop riches en cils me fixe, comprimée dans une robe fourreau. Épaules nues, bras livrés. Sophistication à tous les étages. Elle a le sourire juvénile, bronzé et prospère de la clientèle. Et des airs dénués d'ingénuité. Comme dans un demi-songe, je vois cette blonde éclatante se diriger vers moi pour me chuchoter :

— Je n'ai pas l'habitude de faire ça, mais... Accepteriez-vous que je vous laisse mon téléphone ? Je m'appelle Lola.

— Écoutez, ai-je répondu sur la défensive, ma vie est heureuse... Je ne cherche pas les complications.

— Je vous le laisse quand même, lâche-t-elle en me décochant un sourire assuré. Nos vies parallèles n'ont peut-être pas besoin d'attendre l'infini pour se rencontrer...

Et là, stupeur : cette Lola au physique tombé du ciel me laisse *effectivement* son téléphone portable de prix ; au lieu de sa carte de visite. Elle glisse subtilement du mot à l'objet. Déconcerté, je saisis le cellulaire, tente d'ajuster ma conduite à cet imprévu ; mais à peine ai-je saisi sa manœuvre qu'elle s'éclipse du café. Lola a disparu avec ses seins impossibles et j'ai toujours son téléphone à la main. Elle peut me joindre à tout ins-

tant en s'appelant elle-même. Quel retourne-
ment ! Alors que je pensais que cette innocente
biche se mettait à ma disposition, je me trouve
soudain à sa merci.

Mon éditeur hongkongais déboule, grelottant
de timidité. Coincé, je ne peux pas courir après elle
sur le boulevard. Lola vient d'entrer dans ma vie
par un coup de poker. Professionnelle de la
trouille, elle sait conjuguer le verbe oser comme
personne. Mais je l'ignore encore. Désireux de
battre cette impromptue au petit jeu qu'elle me
propose et un peu irrité de m'être fait manœuvrer,
je décide d'expédier des SMS en rafales à l'ensemble de son carnet d'adresses. Puisque j'en dispose
sans entrave, autant relancer les dés en usant de ses
méthodes. Désirait-elle que ses avances restent discrètes ? Raté ! Frémissant, je tape le message suivant :

*« Je fête ce soir mon anniversaire surprise à 21 h
chez Alexandre, un ami, 49 rue des Batignolles
75017, code 452389. À tout de suite. Lola.*
*PS : on devrait fêter sa naissance au moins deux
fois par an ! »*

Ma joie est à son comble : j'ai toujours rêvé de
découvrir un personnage au travers de ses relations. L'empreinte ne révèle-t-elle pas la matrice ?
Mais Liberté, elle, ne trouve pas cette initiative
désordonnée à son goût :

— Je n'ai pas rêvé : tu as bien invité cent cinquante personnes que nous ne connaissons pas à la maison ? Ce soir, chez nous ? Sans m'en parler avant.

— On fera livrer des pizzas !

— Elle était jolie, cette fille ?

— Follement.

Pour toute réponse, Liberté me boxe préventivement (la cocotte-minute de sa jalousie est toujours sous pression !). Puis elle précise ses intentions :

— Alors je serai là sur le pont, prête à t'arracher les yeux…

À vingt et une heures, un premier couple surgit à la maison : un pilote d'avion de ligne et une hôtesse de l'air en uniformes. Suivent… des pilotes blonds ou noirs et des hôtesses en vrac, attachés à toutes les compagnies du globe ! Notre appartement se transforme en aéroport, ou plutôt en *hub*. Je me présente à tous :

— Bonjour, Alexandre, un ami de Lola…

— Liberté, qui tient bien en main l'Alexandre que voici…

— On met où les cadeaux ? C'est une bonne idée de fêter deux fois son anniversaire, vous ne trouvez pas ?

De bribes échappées en confidences recueillies, je comprends que Lola dirige le fameux « Centre antistress aéronautique Air France ». Au cœur de la banlieue parisienne, elle y soigne tous les altiphobes de la planète, les anxieux du ciel et autres sujets en proie à des attaques de panique dans les nuages. La grande épouvante, le répertoire des pétoches tenaces ? C'est son créneau. Son credo : lutter contre les évitements, pulvériser les trouilles !

Le téléphone de Lola sonne. Je réponds :

— Vos amis sont tous là, chez moi, autour de pizzas. Nous n'attendions plus que vous… Non, non, je ne plaisante pas ! Tout votre répertoire. Vous avez de quoi noter ? 49 rue des Batignolles…

Une demi-heure plus tard, l'arrivée jolie de Lola fait émotion. La flottille de navigants chante *happy birthday* et lui inflige mille cadeaux touchants. Elle pleure, joue du décolleté, me couvre de mercis. Sa jeunesse semble un métal à la fois sensuel et dur. Je lui restitue son portable. Liberté s'approche de Lola et ose un premier branle-bas :

— Pourquoi lui avez-vous laissé votre téléphone ?

— Parce que j'ai un cancer généralisé. Depuis quelques années, je fais fonctionner des simulateurs de vol pour guérir les gens de leur trouille de l'avion. Désormais je vis sans peur, sans l'aide d'un simulateur ; et je n'en ai plus que pour trois ou quatre mois.

— Pourquoi lui ?

— À cause de son roman sur son père.

— Que voulez-vous me dire ? ai-je demandé.

— *N'ayez plus peur, vous non plus. Et ne portez plus de montre, comme lui !*

Lola m'a embrassé sur les lèvres, sous les yeux éberlués de Liberté. Soudain la jalousie de ma Piémontaise n'avait plus cours. Puis elle est repartie avec son téléphone et son drame, nous laissant moins frileux.

Merci Lola, où que tu sois aujourd'hui.

Grâce à toi, je fatigue moins mes rêves : je les vis. En moi, tout se dépêche. Rien ne rechigne plus.

7 – L'insoutenable légèreté de Greta

Été 1981, j'ai seize ans. Au cœur de la Suisse alémanique, une femme très particulière va m'apprendre *l'art de rendre tout léger*. Greta T. osait en effet rire de tout. Pas une affliction sévère dont elle ne se gaussât, pas un chagrin épouvantable dont elle ne sût s'esclaffer. Jamais plus je n'ai croisé un être capable, à ce point, de récuser la gravité des drames, de leur dénier même tout caractère sérieux.

Greta avait créé avec son mari, dans un coquet chalet d'Oeschinensee accroché à une pente helvétique, un lieu champêtre où des adolescents de tous horizons venaient se gaver de frivolité dans une dispersion brouillonne. Nous y pratiquions quantité de sports alpestres, autour d'un curieux rituel qui faisait la marque de ce camp de vacances : dès qu'une contrariété nous heurtait, dès qu'un chagrin nous mordait, Greta nous incitait à en rire, d'un fou rire forcé qui, en durant volontairement quelques minutes, provoquait un afflux de sang dans la tête et modifiait aussitôt nos perceptions biaisées par l'angoisse. C'est Greta qui, un an après la mort de papa, m'a appris à rire à gorge déployée de sa disparition, de manière à modifier mon point de vue crispé – et dénué d'humour ! – sur ce désastre.

Trois étés d'affilée, je suis venu à Oeschinensee. C'est là, auprès de Greta, que j'ai contracté l'habitude de pratiquer un rire bouclier dès qu'un stress m'atteint. Mon visage se remplit d'un flot de sang oxygéné et, brusquement, je vois les choses autrement en riant, tout en desserrant l'étau de mon émotion. Quand une Italienne prometteuse m'éconduisit à Oeschinensee, j'éclatai de rire mécaniquement. Lorsque je me foulai la cheville en excursion, un jour de brume épaisse, égaré dans les alpages, je trouvai en rigolant nerveusement la ressource de rentrer au chalet. Une amie, violée par son oncle, osa même pouffer en se remémorant les instants qui avaient saccagé sa quiétude, un soir que nous gloussions autour d'un feu de camp.

Tous ceux qui, adolescents, ont appris à rire des pires difficultés avec Greta ont en commun une attitude singulière face aux cataclysmes, faite d'hilarité protectrice et de sang-froid efficace. D'avoir tant éclaté de rire avec obstination a tissé entre nous des liens invisibles qui, malgré les années, ne se sont pas défaits.

L'année dernière, Greta est morte.

La nouvelle a fusé à travers l'Europe dans notre brève communauté d'anciens. Fort naturellement, nous avons presque tous convergé vers Oeschinensee pour les obsèques de cette femme qui osait braver la gravité de la vie. Naturellement, quand vint le moment de descendre son cercueil dans la fosse, nous entonnâmes un ultime fou rire chaleureux, poignant et emprunt de vive reconnaissance.

Dans l'une des auberges du village, son mari Karl nous a alors révélé l'origine insoutenable du rire de Greta. Petite fille, elle avait vécu de la fin de 1942 à novembre 1944 dans un des lieux de villégiature les plus effrayants de l'Histoire : Solahütte, célèbre établissement de charme situé à une trentaine de kilomètres d'Auschwitz. C'est là, au bord de la rivière Sola, que les SS en poste dans le camp de concentration, remisant leurs tuniques sanglantes, venaient prendre du bon temps et se goinfrer de fruits ; surtout les plus méritants ; en compagnie d'espiègles et accortes SS-Helferinnen (auxiliaires féminines) qui n'avaient pas rechigné à la tâche. On riait beaucoup à Solahütte, au son d'accordéons pimpants et aux mots poilants des meilleurs calembourdiers de la SS. Josef Mengele, fourbu de son abominable labeur, raffolait de cette retraite bucolique ; ainsi que Josef Kramer, le diligent commandant d'Auschwitz-Birkenau (puis de Bergen-Belsen) qui, dit-on, appréciait fort les myrtilles abondantes cueillies au bord de la Sola qu'il avalait par platées.

Greta était la fille du directeur de Solahütte, chargé de maintenir dans son établissement une gaieté constante ; à quelques kilomètres seulement de la tragédie la plus absolue. Quand les bourreaux épuisés se délassaient sur la terrasse dans des chaises longues, couverts de plaids moelleux, son papa – très professionnel – ne se départait pas de son alacrité légendaire, distribuant ses bons mots à cette légion criminelle en congé, taquinant les fraîches SS-Helferinnen qui croupionnaient aux abords, riant par réflexe. Toujours le mot cocasse, sans jamais se décourager ! C'est dans ce lieu terrifiant de joie et de pétulance que Greta, à huit et neuf ans, prit le pli de rire à son tour (que faire d'autre ?) ; surtout quand elle eut compris quel *travail* accomplissaient les joyeux drilles de Solahütte.

Cette révélation du mari de Greta liquida net notre bonne humeur. Depuis ce jour, j'ai cessé de rire comme jadis. Mes éclats de rire, d'une gaieté brusque et comme spasmodique, sont désormais composés d'une curieuse géologie : une strate originelle vient de Greta, aussitôt contredite par ma décision de ne plus me lâcher ; de sorte que *mon rire explose et se refuse en même temps.*

8 – *Celle qui ne savait plus dire non*

Mon téléphone me réclame avec des stridences agaçantes. Je décroche. C'est Stéphane, essoufflé, qui m'appelle des rives néerlandaises de la mer du Nord. Participe-t-il à un congrès de neurochirurgie ? Non, il est de passage dans une cité batave résignée à la pluie où il vient de rattraper sa femme en fuite. Depuis deux ans, sa Romy volage et fugueuse lui en fait voir de toutes les couleurs.

Mais elle ne le fait pas exprès.

Romy a subi en 2005 une grave atteinte bilatérale frontale à la suite d'un accident vasculaire rarissime ; ce qui a provoqué chez elle des syndromes désinhibés chroniques : « Elle ne sait plus dire non, m'explique Stéphane. L'idée même du refus, de la négation ou de la contestation s'est subitement évaporée de son cerveau. » L'existence de Romy – au bord du conte – n'est plus qu'une longue acceptation enthousiaste de tout ce que la vie lui propose. En vrac ! Stéphane a bien tenté ce qu'il a pu pour rétablir un peu de discernement et de tempérance dans ses méninges ; mais son intervention, difficile, a échoué. Il jouait l'avenir de son ménage. Comment envisager l'avenir avec *une femme qui ne sait plus dire non* ? Une amante universelle, ça peut énerver.

Pendant deux ans, Romy m'a montré ce que serait notre sort débarrassé de toute réserve, esquive ou rebuffade. Un cauchemar ? Une longue glissade vers le crapoteux ? Un dérèglement chronique qui n'infligerait que des discordes ? Eh bien non ! Depuis que Romy dit oui à tout le monde et à tout propos, sa carrière d'avocate a connu une accélération étourdissante. Trois partis politiques s'arrachent ses talents dilatés et lui offrent des fonctions convoitées. Ses revenus annexes ont triplé. Saisie d'une crise d'avidité généralisée, elle s'est mise à étudier le mandarin, à apprendre la pâtisserie marocaine, le tantrisme et la langue des signes. Quant à sa vie sexuelle, elle connaît une époustouflante embellie.

Comment Stéphane encaisse-t-il cette soudaine envolée ?

Contre toute attente, avec ravissement ; même s'il aimerait souffler parfois un peu (surtout lorsque cette oiselle difficile à encager se carapate avec un Batave empressé !). Juste avant cet accident cérébral majeur, leur mariage toussait et leur vie érotique agonisait dans une indolence fataliste. Désormais, mon ami campe sur les rives d'une inquiétude permanente ; mais il a trouvé grâce à ce qui-vive un perpétuel motif d'exaltation. Tout en profitant d'une joie sexuelle qui renfloue leur libido ! Bien sûr, Stéphane surveille Romy comme le lait sur un feu très vif. Mais il vient de l'équiper d'une discrète balise argos anti-escampette. Sans doute s'est-il lassé de la poursuivre aux quatre coins de l'Europe en recourant aux informateurs de Cécilia.

Et puis, l'enthousiasme à l'emporte-pièce de Romy le rajeunit chaque jour. Près d'elle, nous avons tous appris à raréfier notre usage des formes négatives. Et à foncer vers nos désirs à tire-d'aile. *Oui* est devenu notre mot fétiche, chargé d'insolence, grisant ; la plus merveilleuse des drogues ! Mais cet entrain inextinguible a surtout eu un effet inattendu sur mes goûts culinaires. Avant l'attaque de Romy, je n'étais jamais sorti d'habitudes alimentaires très balisées. Grâce à elle, je me suis ouvert à toutes sortes de nutriments (vers de terre rissolés, humus de Sologne, urine de perroquet riche en vitamine D, poissons vivants, bois suçoté, etc.) et j'ai découvert avec stupeur *la liberté de mon propre goût* ! Le sucré et le salé ont reflué de mes menus. Je me suis passionné pour l'amer et les saveurs complexes. Ce changement progressif a induit mille autres métamorphoses. Mes appétences artistiques, mes penchants politiques et mes inclinations intellectuelles s'en sont trouvés régénérés.

Au fond, la satiété tue ce qu'il y a de jeunesse en nous. Et si le bonheur aigu, c'était ça ? Ne plus jamais dire *non* à sa curiosité aux aguets. Faire la guerre aux négations du siècle et sonner la charge contre les désagréments du réalisme.

9 – *Cueillez dès aujourd'hui…*

Un matin pâle, j'ouvre mon courrier. Des factures, un commentaire ému de ma banquière Anne-Sophie qui fantasme en interprétant mes relevés de carte bleue et, soudain, un autre ton. Une confession coup de tonnerre va torpiller ce qui reste de craintif en moi et finir de me rabibocher avec le zigzag moral. La voici :

« Cher Alexandre,
quand vous lirez ces lignes, je serai enterrée dans le cimetière de Vevey, non loin de la tombe de votre père.
Je m'appelle Céleste Regard.
À quatre-vingt-sept ans, physiquement sinistrée et punie de rides, je dédaigne plus que jamais la vieillesse. Oui, je hais la vie du moment qu'elle n'est plus un cortège de passions. Je ne la conçois digne d'être vécue qu'entourée de rebondissements et revêtue d'un parfum de folie. Je n'étais pas faite pour la seconde partie du voyage.
Mariée, j'ai rencontré en 1949 l'effronterie toute neuve de votre père qui, déjà, brisait les horloges. Il avait quinze ans et était la révolte, une plante incontrôlable qui grandissait à tous les vents, sans espalier ni tuteur. En colère de tout, en joie de plus encore, il emballa mes trente ans. Fasciné par ce jeune Musset d'après-guerre, mi-enfant mi-amant, mon époux – très malade, très fortuné et fort intelligent – le toléra chez nous. Il lui offrit, en plus des

charmes de sa femme, des centaines de mètres de train électrique afin de lui enseigner l'économie des transports. Mon mari avait l'esprit pratique et le goût de l'incongru ; une grande incompréhension mutuelle nous liait. Dans les bras de votre père, j'ai appris à refuser l'usure du temps, avec fanatisme.

Par la suite, la vie ne s'écoula pas : goinfre, je la fis courir loin du passable. Impossible d'accepter le sort comme il venait sans avoir recours à l'imprévu (l'habitude de divorcer est vite prise). Votre père m'avait initiée au fétichisme de l'acrobatique.

Hélas, la fatalité s'est accumulée : mes jambes arthritiques ne me portent plus et mes muscles me trahissent. Mes heures sont désormais remplies d'impuissance et d'abdication. Le tomber de rideau n'est pas loin. Je ne suis plus que déplaisir de me perpétuer dans l'immobile tiédeur d'une clinique de Montreux. Et, du fond de mon lit de fer, intubée, ventilée par un sinistre poumon mécanique, j'ai envie de vous crier certaines choses.

Avant que le crépuscule ne vous surprenne, cher Alexandre, rompez le licol du raisonnable. N'émoussez pas votre capacité à commettre des folies ; un jour prochain, il sera trop tard pour calfater votre vaisseau et jouer les incendiaires. Aimez les précarités plutôt que les gages. Ne lisez que des bréviaires de subversion. Faites mentir les statistiques. Osez tous les retours de jeunesse (oui, nous en pouvons vivre plusieurs). Méprisez le bonheur, cette bévue, préférez la joie. Renoncez à la manie de vous perpétuer en vous cramponnant à toutes les rampes. Exposez-vous aux vents les plus inattendus. Flambez dix fois l'argent que vous auriez dû posséder. Prenez en charge ce qui paraît sans remède. Infligez gaiement des rebuffades en tenant la tiédeur pour une impolitesse. Butinez vos mille contradictions. Égarez-vous méthodiquement pour mieux vous retrouver. Cueillez vos revanches. Offensez en claironnant votre vérité et, surtout, ne commettez pas le péché de ménager ceux que vous aimez. Trouvez votre compte dans le désordre. Refaites la vie avec le plus vif idéal romanesque. Recommencez-vous toujours, loin des confinements. Et ne vous croyez jamais au bout de vous-même ; il reste forcément une dernière bourrasque à vivre.

Mais aventurez-vous à deux sur ce sentier difficile, aux côtés d'une compagne d'imprudence… au cœur talentueux ! Entendez une femme qui sait se raconter des histoires.

Bon voyage, cher Alexandre.

Céleste Regard. »

Cette lettre d'une morte, je la rumine depuis que je l'ai reçue ; elle guide mes hésitations, éteint souvent ma pusillanimité et pilote parfois mes choix. Dizzy est également capable de la psalmodier en suffoquant d'émotion. Nombre de nos héroïsmes privés proviennent de Céleste qui n'est pas sans points communs avec ma mère.

Souvent, je repense à ses derniers mots : *une femme qui sait se raconter des histoires…* À chaque fois qu'une interlocutrice m'a dévoilé le roman qu'elle produit pour tolérer sa vie, je me suis senti médiocre écrivain. Mon estime va aux

imaginatives qui dévoilent leur vérité profonde
en embobinant avec sincérité. Méfiant devant
l'exactitude, je crois à la bienfaisance des beaux
délires.

IV
Les délires bienfaisants

1 – La transfusion de mémoire

De seize ans à dix-sept ans, j'ai été l'amant épisodique de la maman de l'un de mes amis d'enfance. Elle me congédiait, me reprenait dans les rets de sa sensualité automnale ; et j'aimais ces fluctuations. Tout le monde – sauf l'Arquebuse – a ignoré ce désordre délicieux. Praguoise de naissance, Nadja était agitée d'un vif appétit d'absolu et avide de cajoleries infatigables (jouir moins de cinq fois par jour lui paraissait déchoir et, en quelque sorte, manquer à la politesse due à un jeune homme vert). Elle était l'authenticité même. La fréquenter en contrebande – qui aurait compris notre enthousiasme génital ? – a implanté en moi très tôt le goût de la perfection sensuelle.

D'autant plus qu'elle possédait une caractéristique étrange : ses doigts de pieds étaient aussi longs que les doigts de mes mains (non, je n'exagère pas) ; d'où certaines habiletés érotiques inattendues. Dans l'intimité, je l'appelais *Double-*

mains. Mais Nadja ne compte pas parmi ces amours absurdes qui sont les épices de la jeunesse ; bien au contraire.

En classe de seconde, je la surpris au sortir du bain au petit matin. C'était au bord d'un lac italien aux airs de flaque de mercure. Des gouttes de pluie clairsemées y pointaient des notes ; avec des nonchalances précieuses, les cercles s'y étendaient. Son fils Ludo dormait encore. Suborné par la beauté de Double-mains, j'en voulus soudain davantage : une lampée de bestialité, un soupçon de tendresse, une once de fesse. Vite, être sa nue propriété ! Et connaître enfin le ramdam d'une sexualité incorrecte. Plus rien d'autre ne m'intéressa soudain que de lui faire l'amour au bord de ces eaux étales, loin des resserrements de la pudeur. Soudain il fit beau, il fit pressé. Ce fut simple, peu plausible, comme le vrai bonheur.

J'aimais sa chair en fête et ses doigts de pieds empressés mais je me délectais également des chapitres de son destin. Cette femme reste à mes yeux la digne sœur des héroïnes ardentes et surhumaines de nos bibliothèques. Nadja – comme la vieille Macha de Varsovie – avait connu enfant la ghettoïsation nazie des villes d'Europe centrale. Un jour que l'occupant tournait un film de propagande qui montrait combien son ghetto de Trebic était riant et cosy pour les gamins, petite fille, elle s'était sauvée avant que l'opérateur à croix gammée ne crie « coupez ! » ; avec le rêve fou de retrouver ses parents. En raptant au passage une tablette de chocolat (un élément du décor). Son évasion réelle, bizarrement filmée, eut donc des airs de fiction. La logique du cinéma la sauva. Elle me montra d'ailleurs ce bout de pellicule, retrouvé par hasard dans des archives allemandes à Dresde en 1963. On la voit, minuscule mouflette détalant au fond du cadre à la recherche de sa maman avec un peu de chocolat.

Pendant treize mois, la petite Nadja survécut isolée dans les neiges poméraniennes, parmi les forêts incessantes, grâce à des louves qui l'adoptèrent (ce cas, pour insolite qu'il soit, se répéta plusieurs fois dans ce coin frisquet de l'Europe). Elle ne m'en parla que deux fois, à coups d'allusions à vif et d'effusions contenues. Un tel passé ne se déglutit pas. Parfois, elle évoquait même ses activités clandestines peu après la guerre, à Vienne, au sein de « brigades juives » composées de jeunes gens résolus à traquer en Europe centrale les responsables nazis se faufilant parmi la population ordinaire. Leur but était de pratiquer des vengeances collectives d'envergure (opérations d'empoisonnement massif, etc.). Il régnait dans ces cénacles, me confia-t-elle une nuit de ferveur, une fraternité extraordinaire, mêlée d'interrogations morales qui honoraient ces survivants ; qu'ils fussent membres du NKVD soviétique, chimistes chevronnés ou simples résistants (du ghetto de Vilnius, de Bucarest ou ailleurs).

Et puis, novembre 1999 est arrivé. Son fils Ludo – mon ami de toujours – a ouvert par

mégarde un courrier adressé par un notaire alsacien ; et il a appris soudain quelque chose
d'extraordinaire : Nadja, sa mère au très fort
accent danubien, n'a jamais été ni tchèque ni
membre d'aucune « brigade juive ». Ce brave
notaire en quête d'héritiers légitimes lui révélait
que sa grand-mère maternelle, veuve d'un pas-
teur luthérien, venait de décéder à Strasbourg...
alors que Ludo la croyait très juive, femme de
rabbin et morte à Prague en 1944.

Selon ce foutu notaire, elle ne se serait pas pré-
nommée Rebecca mais Robes. Et aurait été tout
au long de sa vie une épouse très chrétienne,
native de Meistratzheim (Alsace profonde), pas
dénutrie du tout, sans doute accablée d'embon-
point à force de *baeckeoffe* et de *bibeleskässe* aux
pommes de terre à la graisse d'oie... Quant à
Nadja, elle répondrait en réalité au prénom de
Nadine.

Que signifiaient les allégations de ce courrier ?

Sidéré, Ludo me téléphone et me prie de rappliquer. Je m'exécute. Il me tend le courrier du
notaire. Je reste livide, effaré, prêt à rire. Mais où
donc sa mère énigmatique aurait-elle pu attraper
son accent tchèque épais ? Nadja (Nadine ?)
aurait-elle été capable, jusqu'à l'âge de soixante et
un ans, de se rêver juive naufragée de la Tchécoslovaquie de 1944 ? En faisant rouler un accent
fort peu alsacien... pendant des décennies ? Nous
a-t-elle feintés en racontant l'odyssée de son
enfance martyrisée, recueillie miraculeusement

par ses loups de Poméranie, soi-disant plus affectueux que les paysans antijuifs qui la traquaient ? Quelle indécence ! Moins descriptive qu'allusive sur son épisode parmi les loups et sa jeunesse viennoise, Nadja s'était toujours réfugiée derrière des opacités douloureuses et des soupirs éloquents. Naturellement, devant tant de malheur, je n'avais jamais eu l'idée de contester ses esquisses de récits brouillardeux. Ni de sourire lorsqu'un soir elle m'avait conduit, la nuque basse, au cinéma pour découvrir *Le Pianiste* de Roman Polanski. Tout au long de cette projection crépusculaire, Nadja avait eu le sanglot digne. Tout cela ne serait-il que théâtre ? Son accent danubien, les loups, le film retrouvé en 1963 où elle s'évanouissait en fond de plan, les brumes givrées de l'ample Mitteleuropa... et les fameuses « brigades juives » chargées d'empoisonner les officiers SS parqués dans les camps alliés. Ludo serait-il donc un goy, atteint de christianisme ?

Mon ami voulut en avoir le cœur net.

Nous nous sommes mis à fouiller dans les affaires de sa mère, à ausculter son intimité pour tenter de comprendre quelque chose d'elle. Certes, une maman c'est toujours un excès de flou, des questions sans contours, une sphinge solidement pourvue d'énigmes. Surtout la sienne, constituée de doubles-fonds (j'en savais quelque chose). Mais tout de même !

Haletants, nous avons ouvert ses tiroirs. Le désordre intime de Nadja trahissait mille chemins de traverse improbables (des traces de liens avec la Haganah notamment) ; mais sur la Tchécoslovaquie en guerre, rien. Avait-elle fossoyé ce passé impraticable ou n'avait-il jamais existé ? Dans un tiroir, je découvre alors des photos d'école jaunies : Nadja a bien été scolarisée *pour de vrai* en Alsace pendant la guerre. Sous le prénom de Nadine. Sur un cliché datant de 1943, la gamine qu'elle fut posait devant la mairie de Meistratzheim, sa ville natale, en habit folklorique. Aucun loup à l'horizon, encore moins d'étoiles jaunes. Que des monticules de choucroute nouvelle, des kyrielles de saucisses et des pichets de *neuersiasser*. Un diplôme surgit entre mes doigts, daté de 1961 : Nadja-Nadine n'a jamais fait médecine (spécialité de chirurgie thoracique, m'avait-elle dit) à Paris mais des études de biologie au Palais universitaire de Strasbourg, curieusement achevées à Prague puis à Vienne. Sa mythomanie s'est donc accrochée à des fragments de réalité.

Acculés à la vérité, Ludo et moi nous sommes mis à respirer fort en nous interdisant de basculer dans le drame ; puis nous avons éclaté de rire. Nous ne savions que dire. Comment reparler avec elle après une pareille découverte ? Par qui Ludo avait-il été élevé et aimé ? Nadine ou Nadja ? Soudain, plus rien ne tenait debout : les sentiments, l'authenticité, la plus frêle parole. Désemparé, Ludo a quitté leur domicile, me laissant seul pour assainir son marécage familial.

Double-mains a fini par rentrer.

Silencieux, je lui ai montré la photo prise à Meistratzheim et la lettre du notaire qu'elle a parcourue d'un œil distrait.

— Comment as-tu fait pour mentir à toute ta famille ? À ton mari, à tes enfants, à moi ? ai-je demandé.

— Je n'ai pas menti : j'ai joué un rôle en le sachant alors que les autres le font sans le savoir.

— Pourquoi ?

— Quand je vais au cinéma, je ne supporte pas le décalage entre ma vie et ce qui se passe sur l'écran. Je voulais que quelque chose d'hallucinant me soit arrivé.

Et elle a ajouté :

— C'est tout de même une belle histoire, non ?

Que lui répondre ? Que la plate vérité historique est toujours un composite d'événements inopportuns, de rendez-vous avec le déshonneur et de réponses à des questions qui ne se posaient pas ? Pourquoi en vouloir à Double-mains d'avoir eu le cran de remettre un peu de désordre dans sa trajectoire trop réglée ? Et d'avoir récusé son enfance véritable, sans doute obtuse et ennuyeuse ? Ne faut-il pas accepter une bonne fois pour toutes que l'imagination supplante l'obscène exactitude ? Refusons d'être ce que nous sommes. Affirmons avec Nadja que notre véritable caractère n'est pas celui que nous avons ou celui que nous affichons mais bien celui que nous devrions tenter !

2 – Hannah et la Terre de Feu

Dizzy est amoureux. Curieusement, mon éditeur a cessé de pratiquer cette fidélité à mi-temps qui lui a longtemps convenu. En plus d'un minois solaire, Hannah dispose de solides atouts pour l'ensorceler : un goût rocambolesque pour la liberté, de la fantaisie à gogo et une famille vaste comme une légende. Son arbre généalogique vient de la Pampa argentine. Les Bianchi possèdent sous ces latitudes australes l'équivalent de trois ou quatre départements métropolitains et autant de têtes de moutons qu'il y a de Parisiens. Ses vins drus et cognants grisent la moitié de l'hémisphère Sud. Sur les terres d'Hannah, des bataillons de salariés prennent les trains d'Hannah, s'enivrent des alcools d'Hannah, digèrent les viandes d'Hannah et vivent dans des villes que possède Hannah (dessinées par son père, doux dingue inspiré par les jaillissements urbanistiques de Claude-Nicolas Ledoux). Quand les sujets d'Hannah meurent, on leur confectionne de coquets cercueils dans du bois d'Hannah ; et lorsqu'ils se marient, c'est hélas dans une église catholique : la seule chose qu'elle et sa famille ne possèdent pas. Les Bianchi ont bien songé à se porter acquéreurs de Dieu, du moins de ce qui en demeure dans cette partie de l'Amérique ; mais ils hésitent encore. L'OPA, hasardeuse, leur semble d'une rentabilité déclinante.

Rien que cela aurait suffi à emballer Dizzy, toujours enclin à épouser la démesure.

— Tu as été là-bas, en Argentine ?

— Non, je ne préfère pas, me répond-il prudemment. Ce que j'aime dans son histoire familiale, c'est l'histoire. Pour le reste, je suis plutôt d'humeur sédentaire…

Le mois dernier, Dizzy a fait une entorse à sa paresse active. Il m'a invité à New York au domicile d'Hannah : 1 000 mètres carrés ouverts sur Central Park. On y trouve un court de tennis en appartement au 57ᵉ étage et une piscine au 56ᵉ dont les vagues artificielles et cabrées auraient pu, me dit-on, faire chavirer deux Poséidon. Un potager sous cloche fournit au même étage de succulents légumes bio, de l'herbe aux lapins réputés bio et les plantes requises pour se soigner la tripaille avec des tisanes. Quand on s'y promène une bêche à la main, on se sent l'âme agricole parmi les nuages new-yorkais. Le micro-verger, lui, donne des fruits toujours mûrs (un discret majordome au physique de Mick Jagger les place chaque jeudi sur les branches, comme chez Dizzy à Paris). Comble du chic, Hannah a fait équiper les 1 000 mètres carrés de ce domaine en altitude d'un système lumineux inédit : quelle que soit l'heure américaine, on peut y évoluer à l'heure parisienne ou argentine, afin d'évacuer toute contrainte de fuseau horaire. Le personnel est habitué à se caler sur les biorythmes de la patronne. À un certain niveau de richesse, la course du soleil cesse d'être un problème.

Nous sautons dans un avion (pas celui d'Hannah, exceptionnellement en révision) et gagnons New York. À l'aéroport, nous sommes contraints de prendre un taxi ordinaire ; son chauffeur – ainsi que tout son personnel, paraît-il – souffre d'une épidémie sévère de gastro-entérite. En ville, elle consulte son cellulaire et s'écrie navrée :

— Je suis confuse, il y a des travaux à la maison… On vient de m'en informer. Et je ne supporte pas le bruit. Descendons à l'hôtel. Dizzy, arrange ça *darling*…

Déçu (car je ne dénigre jamais le luxe), j'étouffe un soupir.

Deux heures plus tard, après avoir déposé nos bagages à l'hôtel Pierre (que Dizzy, toujours prompt aux largesses, réglera), je suis allé piétonner à l'ombre des falaises immobilières qui font New York. Drôle de ville que des maçons irlandais ont jetée vers le ciel, et qui n'en est jamais retombée. En douce, je me faufile dans cette solitude peuplée, me rends à l'adresse d'Hannah et y trouve… un immeuble en construction. Brusquement, je comprends que tout est faux : les avions à disposition, les trains, la fortune byzantine des Bianchi, la Pampa privatisée, les 1 000 mètres carrés où règne l'heure européenne. Hannah est ce que l'on appelle une fieffée mythomane.

Nous passons deux jours. Je ne moufte pas ; mais par téléphone je joins mon amie Cécilia, la coupeuse d'oreille. Comme toute paparazzi de haut rang, elle dispose d'un réseau personnel d'informateurs avisés, répartis sur le globe et régulièrement gratifiés d'un petit billet. Quelques heures plus tard, Cécilia me confirme que les Bianchi ont fait faillite à Buenos Aires en 1929 (du moins la branche aînée). Ne subsiste des débris de leur fortune de jadis, bâtie sur le caoutchouc, qu'une médiocre librairie bizarrement située en Terre de Feu, la seule officine littéraire de cette partie du continent.

Que dire à Dizzy ?

De retour à Paris, je bondis dans son bureau chez Grasset et lui annonce :

— Je pars pour l'Argentine. Sais-tu si Hannah s'y trouve ?

— Elle en revient tout juste, bronzée.

— Tu es bien certain qu'elle ne serait pas allée faire des séances d'UV dans le Ve arrondissement ?

— Non, me répond-il avec calme, à Vanves. Tout est faux et tu le sais. Mais ne m'en reparle plus jamais s'il te plaît ; je ne tiens pas à souffrir d'un spasme du ballonnet. Pendant trente ans je me suis ennuyé avec des femmes normales. Pour une fois que j'en tiens une qui sait raconter des histoires délicieuses, ne viens pas m'importuner parce qu'il lui manque dix millions de moutons !

— Tu as raison, qu'est-ce qu'on en aurait à foutre de tous ces moutons, hein ?

Au fond, tout homme devrait rencontrer une sœur d'Hannah. Aujourd'hui, je me méfie plus que jamais des intelligences paresseuses qui ne se donnent pas la peine de réenchanter le monde. Est-il moral d'infliger aux autres une perception plate du réel* ?

3 – *Le roman de ma banquière*

J'ouvre ma boîte aux lettres et en extrais un paquet. Je ne sais pas encore qu'il va ébranler l'une de mes convictions les plus établies. Je l'ouvre. Ce lourd manuscrit m'a été envoyé par Anne-Sophie, la guichetière de la banque qui suit les aléas de mon compte depuis 1977 ; ainsi que les débours de mon clan de funambules. Anne-Sophie vient de prendre sa retraite et m'a demandé d'y jeter un œil avant que je ne l'invite à déjeuner.

---

* En relisant les épreuves, j'apprends avec hébétude que Dizzy s'est joué de moi. Hannah n'est pas la mythomane qu'il m'a décrite : tout est vrai, sa fortune, ses dingueries new-yorkaises ! Quand elle « refait son appartement », cette fille qui hait la mesquinerie a pour habitude de faire reconstruire entièrement l'immeuble ! Hannah ne fait pas partie de la branche ruinée des Bianchi mais de celle dont les éternuements font encore tousser le Dow Jones.

Au téléphone, ma chère banquière familiale – comme on le dit d'un médecin – s'est montrée sibylline :

— Je souhaiterais vous parler de moi, Alexandre, que vous sachiez qui je suis réellement. Figurez-vous que je ne suis pas seulement « Anne-Sophie de la banque ». Ce petit texte dit tout. Vous comprendrez.

Son coup de fil m'a laissé pantelant. Impression affreuse d'être passé à côté d'une personne de cœur que je côtoie depuis des décennies sans l'avoir vraiment écoutée. Gêné, j'ai immédiatement accepté de lire ses pages au plus vite.

Dès les premières lignes, je reste saisi. Ce journal direct, sans graisse ni pathos, retrace les vivotements d'une femme qui, depuis trente-deux ans, s'arrache à la morte saison de sa solitude en surveillant sur son ordinateur… les relevés des cartes de crédit de ma famille. Pas une de nos libéralités qu'elle ne scrute comme on lit un roman policier ! À ses yeux, toute facturette de carte bleue devient du combustible jeté dans la chaudière de son imagination.

Le sort réel d'Anne-Sophie ? Celui d'une figurante indécise qui stagne à la lisière d'une existence privée de tendresse et lacérée d'injustices. Le genre de friture que le destin recale sans cesse en fond de plan, hors de la zone de netteté. Son ciel astral ? Une noria de planètes semblent s'être liguées contre elle depuis sa naissance. Tous les horoscopes l'ont passée à tabac. Polygame ? Non, zérogame. Pas le moindre gentil garçon à galocher en ligne de mire. Là où se porte sa pensée, il y a du cul-de-sac et de la migraine. Virtuose en gratins de macaronis, cette affligée affiche plus d'un demi-siècle de rétention de ses désirs, d'espoirs sinistrés et de flirts en queue-de-poisson. La diète relationnelle est son lot ; son pyjama en pilou sa seule douceur. Le cœur flétri, cette femme en or fredonne ses peines de fille imperceptible qui, le soir de Noël, lape son potage en silence.

Et pourtant… son texte respire la forte sérénité !

Pour tolérer l'inacceptable – sa méchante biographie – Anne-Sophie décrypte depuis trois décennies le quotidien de ma tribu en auscultant le détail de nos comptes. Enfin il lui arrive quelque chose par procuration ! *Et cela la comble.* Tous nos crépitements ont été déchiffrés : nos virées onéreuses, les embardées de nos divorces, le financement de nos heures polygames et polyandres, nos emplettes destinées à la mêlée de nos conquêtes. Les cartes de crédit, ça moucharde. Aucun angle mort de notre intimité n'a été négligé (hôtels borgnes fugacement fréquentés, cadeaux taxidermisés, séances vaudoues à Mexico, achat improbable de poupées gonflables, etc.). Ivre de rétractation, Anne-Sophie nous a suivis jour après jour depuis 1973 au lieu d'asphyxier en cale sèche. Ses déroutes réelles, loin de contrister son âge mûr, stimulent ses rêveries. Nous avons mené, en quelque sorte, des années conjointes ; et ces années l'ont… épanouie.

Voilà ce que révèle son journal de peine et de fous rires.

Je reste sonné par cette découverte.

J'avais bien senti que cette discrète connaissait les coulisses de nos tribulations mieux que quiconque. Quand je rentrais de week-end, n'avais-je pas droit à des cartes postales éloquentes (« À Cannes, la prochaine fois changez d'hôtel. Vous savez, Alexandre, les femmes se lassent de tout ! ») ? Mais je n'avais pas imaginé à quel point elle me scrutait, à quel point Anne-Sophie vivait grassement de nos libertés.

À déjeuner, je me suis assis en face d'elle. Très ému, j'ai alors posé ma carte de crédit sur la table et lui ai déclaré :

— Prenez cette carte bleue et pendant dix jours, *vivez comme nous*. En suivant vos dépenses sur le net, sur mon compte, je vivrai vos folies. Désormais, c'est à votre tour d'oser.

Anne-Sophie a semblé très touchée par cette proposition qu'elle jugea digne de mon père ; mais, embêtée, elle a fini par me confier la gorge serrée :

— Vous savez, Alexandre, ce n'est pas facile de changer de roman… Est-ce même souhaitable ? Le mien est celui d'une lectrice sédentaire, d'une lectrice heureuse de ne faire que lire. On ne peut pas demander à une spectatrice d'*Autant en emporte le vent* de reprendre le rôle de Scarlett au pied levé. Je préférerais autre chose que ces cavalcades… Accepteriez-vous de me confier vos codes internet pour que je puisse rêver encore devant vos dépenses ? Je voudrais prendre ma retraite en continuant à vous lire, à ma façon…

Cette demande timide m'a paru le comble de la poésie. Aucune lectrice ne m'avait jamais adressé une requête pareille. La belle Anne-Sophie, elle, voulait lire le roman de ma vie réelle. La littérature, elle s'en fichait bien ! Très ému, je lui ai remis mes codes pour qu'elle puisse aussitôt consulter mes comptes sur le web. Deux jours plus tard, mon frère, ma sœur et ma mère firent de même. Nous ne pouvions pas lui offrir plus beau cadeau de départ en retraite. Nous vieillirons ensemble.

À chaque fois que je règle une note de restaurant ou d'hôtel avec ma carte bleue, je sais que le cœur d'Anne-Sophie bat quelque part. Rien ne lui échappe. Parfois, il m'arrive même de faire certaines dépenses uniquement pour la stimuler et lui rappeler l'époque radieuse où elle suivait les comptes chahutés de mes parents. Pour son anniversaire, en mars, j'ai même acheté (fictivement, le commerçant m'a reversé la somme en liquide) un zèbre d'importation. Le relevé CB a aussitôt alerté ma banquière vieillissante ; car, je le sais, elle est allée sans délai vérifier sur le net l'activité de la compagnie égyptienne qui avait facturé ma fausse acquisition (« commerce de girafes, gorilles et autres animaux tropicaux, fournisseur de zoos »). Stimuler l'imaginaire de cette femme me réjouit.

Désormais, je sais de source sûre que l'on peut être spectateur de sa vie et exulter ; ce que je n'avais jamais soupçonné.

4 – *Le roman de ma mère*

1951, maman a quinze ans.

Dans sa chambre, à Paris, un amoureux indochinois est assis sur un fauteuil face à une cheminée. Cette jeune fille – qui n'est pas encore ma mère – fixe le feu en posant sa tête sur les genoux de cet Asiatique blanc. La combustion est lente, un vinyle ressuscite les indolences d'une mélopée sud-américaine. Mon grand-père entre avec brusquerie, surprend ce geste tendre et juge aussitôt cet abandon pudique qu'il regarde comme une haute trahison. Ses yeux armés de connétable la foudroient. Le père reste immobile, avec tout le surplomb de son autorité, écarquillant ses sourcils broussailleux en feu de forêt, sans l'exécuter d'une parole ; puis, à l'issue d'une longue minute de mutisme, il sort d'un pas féodal et referme lentement la porte. Le silence vaut parfois excommunication. Perdue, fracassée par ce dédain furibond, l'adolescente se précipite dans les cuisines de leur hôtel particulier de la rue Vaneau, en sous-sol, et fait bouillir de l'eau. Sans hésiter, elle plonge ses deux mains dans le liquide en ébullition. En hurlant à la mort. Mon grand-père, chirurgien, intervient. Elle récupère sa clémence. Il l'emmène à l'hôpital et lui prodigue des soins.

Cette très jeune fille me mettra au monde quatorze ans plus tard. Mais elle restera longtemps la même : toujours au seuil du tragique, humant dans

les drames à portée de main une petite transcen-
dance disponible. Sophocle est son grand frère ;
Christopher Marlowe son meilleur confident. Dans
son cerveau élisabéthain, sanieux de toutes ses
plaies de mémoire, chaque tension s'est longtemps
résolue par un cataclysme. Physique ou moral ;
mais si possible mortel. À chaque fois, l'un de ses
hommes fut chargé d'en tirer une œuvre d'art de
bonne tenue ; un film qui fit date, une photo saisissante, une pièce ou un livre de qualité, peu
importe. Et Dieu sait qu'il y en eut suffisamment
autour d'elle – *déjalousés* par ses mœurs géné-
reuses ! – pour accomplir la mise en œuvres de ses
embardées.

Été 1980, mon père terrible et charmant perd sa
bataille contre le temps : il meurt (normal, nous
sommes dans une pièce de Shakespeare ; les autres,
fidèles à leur emploi, ne tarderont pas à suivre).
Comment transformer cet ébranlement en catastrophe nucléaire ? En déclarant le soir même à mon
jeune frère que notre père n'est pas le sien (pourquoi se priver d'une occasion d'aggraver les
choses ?). Et en m'expédiant aussi sec, seul avec
mon chagrin, au tréfonds de l'Irlande (la solitude
contrainte, à quinze ans et en de telles circonstances, quoi de mieux pour le moral ?). Puis, ravá-
gée, elle endossa spontanément le rôle de la veuve
concassée par le destin alors que mon père et ma
mère s'étaient tout de même quittés depuis des
années ; en soulignant bien que papa avait eu la
délicatesse d'expirer le jour de son anniversaire

(astucieux pour donner à cette date une odeur de drame, n'est-ce pas ?). Naturellement, mes chers parents, experts en pathétisme jovial et en rupture (la leur dura à peu près le temps de leur mariage), avaient pris soin de se retrouver dans les mois précédant le décès annoncé de mon père ; histoire de vivre de manière poignante ce qu'ils auraient pu vivre auparavant avec frivolité, insouciance et douceur. Ils excellaient à compliquer tout. Ces deux-là ne réussissaient ni à se tolérer ni à refroidir leur passion ; la disparition de papa ne changea rien. Il trouva même le moyen de poursuivre ma mère du fond de sa tombe en lui écrivant d'étourdissantes lettres posthumes postées par je ne sais qui. Sans doute ne parvinrent-ils jamais à se défaire de leur tempérament de naufragés professionnels (vous savez, cette sorte d'individu qui ne s'embarque que pour se fracasser contre les récifs). Suivront d'autres trouvailles de ma mère, toutes improvisées avec la plus grande authenticité ; car la tragédie n'est pas un genre qui souffre la fausseté et les caractères au petit pied.

Toujours ma mère opta pour l'issue la plus grave.

Lorsque ma demi-sœur émit quelques doutes sur l'identité de son géniteur, notre mère se montra subitement sujette à l'amnésie sur les dates de ses amours d'antan. Alors qu'il arrive que les femmes se documentent sur la question quand elles font un petit… Non, cela aurait été trop simple. Pas assez romanesque à son goût ? La précision génétique lui semblait mesquine, en désaccord avec la vérité ample de ses émotions. Il fallut recourir à une prise de sang avec le père supposé qui, fait inouï dans notre famille, se révéla le bon ! Par chance, les tests ADN furent pratiqués juste avant que cet individu merveilleux ne se fasse sauter le caisson. Un bain de sang, shakespearien. Forcément, c'était l'un de ses hommes.

Toujours ma mère opta pour l'issue la plus grave.

Un jour que j'avais appris en province à marcher pieds nus sur de la braise incandescente en compagnie de mon petit frère (un stage de fakir, commercialisé près d'Alès), maman résolut de s'inscrire à la session suivante. Bien entendu, elle seule brûla. La plante des pieds carbonisée, hospitalisée dans un établissement militaire (à Percy, où nous eûmes le plus grand mal à expliquer qu'elle avait participé à un stage de fakir), elle se fit administrer des injections massives d'alcaloïdes. Suffisamment pour retrouver, dans ses délires morphiniques, le peuple des disparus talentueux qui avaient occupé sa carrière d'amante. D'un coup, tous ses morts redevinrent frais. Cet été-là, on naviga dans un acte sombre élisabéthain…

Toujours ma mère opta pour l'issue la plus grave.

Convaincu que ce que je percevais d'elle était réel, je me suis alors efforcé de prendre le parti du léger ; en apparence du moins. J'ai fait de mes éclats de rire un bouclier (merci Greta), de mes

enthousiasmes une routine et de ma prétendue frivolité une habitude. À chacun ses fortifications. Me
parlez-vous des nuages noirs de vos difficultés ? Je
vous aide illico ; pas par compassion mais pour
abréger votre détresse. Elle m'est insoutenable. Un
expulsé perpétuel se présente-t-il ? Je le sauve par
égoïsme. M'offrez-vous un volume de Bossuet ou
quelque texte crépusculaire ? Je les déchire aussitôt. Dès qu'on pleure devant moi, je vomis. La
peine et les postures grabataires me donnent des
haut-le-cœur. Surexposé à la folie des grandes dou-
leurs, je me suis cuirassé à ma façon.

Pour m'apprendre à me protéger des dangers de
la vie, heureusement, il y eut d'autres femmes ;
même si ma mère impossible rayonna sur ma rétine
d'enfant avec une grâce particulière*…

---

* Je viens d'écrire ces lignes et, par hasard, je croise ma
mère déjeunant avec un quarteron de copines de bamboche.
Elles riaient, n'étaient qu'écume de gaieté. Puce et Maguy
gloussaient à chacune de ses saillies. Et si je n'avais pas vu son
authentique légèreté ? Est-il bien sûr que je la connaisse ?
N'aurait-elle pas totalement changé aujourd'hui ?

V
Vaccins contre le pire

1 – *Aishwarya ou le cauchemar des kidnappeurs*

1995, Rome. Mal informé, je pénètre sur le plateau de l'une des émissions les plus vulgaires d'Occident – le « *Costanzo show* », sur Canale Cinque – pour y défendre l'un de mes romans traduit en italien. Effectivement, devant ces caméras, la bassesse le dispute au sordide ; à un degré que la France, pourtant pourvue en exercices de rase-mottes, ne connut jamais. Un intermède saisissant propose de se rincer l'œil en matant les nichons nus de serveuses paralytiques et d'une nonne érotomane, très loquace sur ses prouesses avec des évêques. Puis mon interview succède à celle de l'acteur Helmut Berger, censé incarner *une star has-been* venant faire état des détails de sa déconfiture morale, affective et financière. D'une distinction rare, perdu d'érudition, cette esquisse viscontienne jure dans ce temple du kitsch berlusconien. Une femme surgit en même temps que moi sur le plateau, magnétique, belle et rude. En trois mots, elle se dévoile : lucide et sans consolation. L'animateur moustachu la présente comme « la star du polar indien lue par plus de cent millions de ses concitoyens ! ». Comme moi, Aishwarya encaisse les questions de ce moustachu chicaneur et, soudain, le silence se fait : ce mastodonte des lettres modernes déclare candidement être venue à Rome afin de flamber l'intégralité de sa fortune – amassée en douze ans d'écriture à jet continu ! – en l'espace de cinq petits jours. Applaudissements italiens de la star shivaïte !

Au sortir du plateau, H. Berger nous propose de nous entraîner dans de succulentes nuits romaines, sur les toits de palais où de crépusculaires familles donnent à profusion des fêtes cosmopolites. Pendant cinq jours, je vais claquer avec Aishwarya un dixième de sa fortune en roupies. Je découvre que sa plume – étonnamment inconnue en Europe – est une sorte de puits de pétrole. Son imagination lui permet de cracher un roman policier de bonne coupe tous les quatre mois et de régner sur une démographie galopante de lecteurs du sous-continent indien. Durant ces heures romaines, nous eûmes notre compte d'excès. Nous avons rivalisé d'idées baroques pour dépenser comme des dératés ; et Dieu sait que nous y parvînmes avec maestria ! L'acteur Gérard D. – qui exportait alors sa neurasthénie allègre dans l'un des palais fréquentés par Helmut B. – nous y aida avec une fureur dionysiaque. À lui tout seul, ce bougre expansif fut responsable de près de la moitié des débours. Quelle puissance de dilapidation ! Précisons que je n'eus aucune relation sexuelle avec cette impératrice du roman noir indien. Nous étions là pour jouir autrement, de strictes libéralités.

Voilà comment j'ai connu Aishwarya qui aura toujours son couvert dans mon intimité. Et puis, en 1998, je fis un saut à Bombay chez elle, à la bonne franquette, sans me douter que j'allais y vivre un épisode aérien invraisemblable.

En entrant dans sa résidence princière et blanche, toute d'orgueil, où elle vit recluse comme dans une péninsule de misanthropie, j'eus un choc : ce témoignage fantomatique de la domination britannique est soutenu par une flopée de colonnades et coiffé de sept coupoles de verre. Une lanterne couvre la plus éminente, chargée de capter les rayons du soleil, ou plutôt de les asservir à la splendeur du bâtiment en les fragmentant. Le parc ? Une immensité coupée de bassins. Dès les premiers instants, dans les incurvations des galeries venteuses, je sentis l'odeur froide du drame : Ashrita, la fille d'Aishwarya, venait d'être enlevée par des indépendantistes tamouls peu réputés pour leur humour. La notoriété d'une fortune présente parfois des désagréments. Les ravisseurs devaient la rappeler le soir même pour fixer les modalités de remise d'une rançon. Agonique, Aishwarya me prit par la main et m'entraîna brusquement à bord de son avion privé, stationné à la lisière d'un petit aérodrome fréquenté par l'élite commerçante de la ville. Elle était entrée en campagne.

— Où allons-nous ? lui ai-je demandé tandis que son coucou à hélice décollait au ras des bidonvilles.

— Sacrifier cet avion.

— Qu'est-ce que tu veux dire ?

— Nous allons sauter en parachute et provoquer un crash. Je veux que les ravisseurs me croient morte, comme le père de ma fille. Si nous faisons cela, avec qui négocieront-ils ? Ils devront libérer Ashrita.

— Tu es romancière ou dingue ?

— Je préfère le mot lucide. Si tu as une meilleure solution, dis-la vite. Parce que si je paye la rançon, rien ne dit qu'ils me la rendront vivante. Surtout si Ashrita a vu leurs visages. La dernière fois, ils ont exécuté leurs otages.

Nous avons sauté en parachute. Novice, je me suis foulé une cheville pour inaugurer cette mort éphémère. L'avion s'écrasa convenablement dans les brasses d'un fleuve jaune et boueux. Nous nous sommes planqués à la campagne, chez des analphabètes de caste corvéable, attachés à leur glèbe, auprès de qui cette mère tenta de se reconstituer un optimisme. Le tam-tam de la presse annonça le jour même le décès d'Aishwarya ; mais, inquiète pour sa fille, elle ne profita pas du débordement de compliments nécrologiques qui coulait dans les médias. Fort dépités, les ravisseurs tamouls tentèrent de persuader l'avocat chargé de la succession. Ce dernier, peu sentimental, les éconduisit avec flegme en leur rétorquant qu'une telle décision n'entrait pas dans ses compétences. Tant que la succession n'était pas réglée, les comptes se trouvaient de toute façon bloqués. Désorientés, les Tamouls rebelles finirent par relâcher la petite Ashrita dans le centre de Bombay. Pour se sortir de ce mauvais pas, Aishwarya avait empêché que l'ultimatum atteigne le payeur en supprimant le payeur ! C'est en Inde, auprès de cette scénariste inspirée, que j'ai appris *qu'une menace s'éteint si on s'arrange pour faire croire que l'on n'est pas capable de l'entendre.*

2 – *Maman m'a dit (5)*

Il fait un temps de déferlantes et d'eaux fuyantes. Aux alentours, la lande bretonne exsude de pluies excessives et d'infiltrations de rivières pressées. Dans les lointains maritimes blanchis, des cascades de collines liquides s'écroulent. Ma mère m'a invité à déjeuner à la Pointe du Raz, là où se termine l'Occident. Et où naissent les houles effrayantes. Elle n'aime que les jointures, les franchissements, les endroits de transitions. Dans le restaurant vitré, j'interromps la conversation qui roulait sur ma science des matelas (amoureux d'une grande dormeuse, je suis imbattable

sur les questions de literie) et lui révèle tout à trac
ce qu'elle ignorait de l'une de ses amies :

— Elle trompait son mari avec son beau-fils, le
plus jeune. Incroyable, non ? Le grand-père, le
père puis le fiston… pour une ex-magistrate en
hermine, ça fait beaucoup !

Ma mère ferme les yeux ; ainsi que je l'ai vue
faire des centaines de fois. Soudain, je l'entends
me demander avec le plus vif intérêt (comme si je
n'avais rien évoqué) :

— Ton sommier en bambou, tu l'as acheté
d'occasion ?

Cette réaction – fermer ostensiblement les
yeux pour dissoudre un désagrément –, je ne
connais personne d'autre qui la pratique avec un
tel aplomb. Un flic l'admoneste-t-il en pleine
rue ? Elle ferme ses mirettes. Un rustre se
conduit-il devant elle avec petitesse à l'égard de
sa femme ? Elle clôt aussitôt les yeux sans
s'encombrer d'indignation. Lui dit-on du mal de
moi ? Elle s'escamote illico en se mettant dans le
noir. Depuis toujours, ma mère choisit gaillarde-
ment ce qu'elle consent à voir. *La réalité n'a pas
sur elle le pouvoir de s'imposer.*

Pendant longtemps, j'ai jugé avec acrimonie et
colère cette façon de s'absenter des mochetés du
monde. Et puis, ce jour-là, à la Pointe du Raz,
parmi les nuées océanes, je me suis soudain dit
« pourquoi pas ? ». Après tout, l'existence n'est
pas un concours de lucidité. Depuis quand la

clairvoyance forcenée mène-t-elle à un bonheur sensible ? Et puis, de quel droit l'admonester ? L'enfance de ma mère sous les bombardements alliés ne ressembla pas à la mienne.

Le lendemain même, dans une émission de télévision effervescente, un interlocuteur acariâtre m'a servi des attaques déplaisantes, vicelardes. J'ai fermé mes paupières, pour le zapper. Quand je les ai rouvertes, enfin détendu, c'était pour m'élancer vers des propos enthousiastes. L'aigri s'en est trouvé comme gommé. Depuis, je pratique cette dérobade simple, en public, à table lors de mes goinfreries, dans le métro ; et je m'en trouve mieux. Essayez à votre tour d'être un peu le fils de ma mère !

3 – *Gloria ou l'art de rater l'amour*

Avouons-le, nos meilleures maîtresses restent les plus nocives.

Je dois à Gloria de m'avoir vacciné contre certaines dérives de la vie de couple. En prenant l'exact contre-pied de ses attitudes corrosives. Quelle fouteuse de merde d'exception ! Je n'ai en effet jamais rencontré de femme plus douée pour saboter une relation. Il y a toujours quelque perfidie dans ses sourires. Chez elle, tout soupir tient du réquisitoire. Paranoïaque, cette canaille s'est claquemurée depuis longtemps dans une histoire hérissée de rancœurs, un roman âpre qui semble n'être qu'un long pugilat contre l'humanité.

Le soir où j'ai rencontré Gloria, chez elle dans le Marais, j'ai tout de suite été troublé par son paillasson. Il y était écrit « ici, on ment » (la réflexivité de cette assertion n'impliquait-elle pas que Gloria ment même lorsqu'elle avoue mystifier, donc qu'il lui arrive de dire la vérité ?). Le ton était donné, désarçonnant. Contrairement à ses habitudes, Liberté m'avait prié de l'accompagner à ce dîner mi-amical mi-professionnel ; et qui s'annonçait – selon elle – entièrement convenu et casse-pieds. Quelle erreur !

Gloria ouvre la porte. Paupières en forme d'éteignoirs, pupilles dissimulées sous des arcades sourcilières en meurtrières. Elle nous introduit dans son domicile truffé de trompe-l'œil et de miroirs qui créent d'illusoires symétries et de fallacieuses perspectives ; comme si Gloria avait tenu à montrer ce qui n'est pas.

Puis il fallut passer à table. En compagnie de gradés de la cosmétique, de puissances éditoriales trempées de misanthropie et de quelques réputations journalistiques. Gloria s'est alors livrée à un effarant numéro d'exhibitionnisme conjugal. Cinglante, elle empoigna son cinquième mari – un type bizarre à tronche ecclésiale, pas fait pour avoir un corps – en lui déclarant dès l'entrée, d'une voix de grande diseuse :

— De toute façon, les hommes que j'ai aimés m'ont tous trompée. Je suppose que je le suis en ce moment, ce qui me donne des droits, n'est-ce pas ? Je sortirai donc mardi prochain avec un galant, au théâtre. Un jeune homme aux mains fines… Ce sera ma riposte, mon chéri.

Heurté, son époux répliqua avec un à-propos qui nous sidéra :

— Gloria, t'est-il venu à l'esprit que si tu m'ôtes constamment les avantages de la fidélité – une certaine réciprocité, un peu de sérénité –, je finirai nécessairement par te tromper ? Ta supposition risque fort de devenir exacte…

— Mais je ne suis pas contre l'idée de susciter ce que je suppute… D'autant plus que tes insuffisances, d'écoute, de compréhension et surtout de présence, ne me donnent pas forcément envie de jouer les prolongations…

— En me disant cela, Gloria, tu me pousses à te fuir davantage… et donc à devenir encore plus insuffisant, fit-il observer avec sagacité. Le cercle se referme.

— Mon amour, il n'est pas donné à tout le monde de détraquer un mariage avec méthode ! Que veux-tu, les gens font cela par inadvertance, moi pas.

Une de leurs amies tenta gentiment de tempérer cet échange étouffant qui mettait tout le monde mal à l'aise ; mais elle se fit durement rabrouer par Gloria qui déclara avec une brusque irritation que ses amis ne la respectaient plus. Elle poussa même jusqu'à affirmer qu'elle sentait que cette soirée allait être consacrée à la persécuter.

— Vous me parlez tous à bout portant ! s'écria-t-elle ulcérée.

Apparemment très susceptible sur le chapitre du respect, elle s'attira du même coup les sarcasmes de cette femme a priori bien disposée ; ce qui cimentait la conviction première de Gloria. En effet, sous la pression de son acrimonie, il semblait bien que chacun fût soudain disposé ce soir-là à lui manquer de respect ! Alors même que nous étions tous d'une sociabilité heureuse.

Toute la soirée se passa ainsi : en experte des cercles vicieux, cette mégère enchaînait avec brio les prédictions qu'elle provoquait. Je devinais a contrario comment je pouvais, dans ma propre vie, échapper à cette sorte de pièges conjugaux si répandus. Ne pas induire ce que l'on craint et déplore, c'est déjà faire beaucoup !

Naturellement, Gloria obtint sous quinzaine ce qu'elle désirait : à force de flirter ailleurs pour « rétablir la balance » (puisqu'elle se supposait trahie), son cinquième mari finit par la tromper effectivement, alors que ce dernier n'était pas sujet aux passions volatiles. Ils se quittèrent.

Chaque fois que j'ai revu cette Gloria, j'ai eu droit à une séance de torpillage de sa liaison en cours. Sidéré par sa hargne, j'en suis sorti déterminé à prendre la direction inverse pour protéger ma propre histoire avec Liberté. Par ses diatribes habiles, Gloria maîtrisait à la perfection *l'art de rater un amour*. Plus tard, au hasard de mes lectures, j'ai pu perfectionner encore l'étude des fameuses « *self-fulfilling prophecies* » (prophéties autoréalisatrices). Tout cela m'a persuadé que certaines personnes ne font du bien que parce qu'elles indiquent d'instinct les chemins du désastre.

4 – *Maman m'a dit* (6)

Stupeur d'effroi. Ma mère vient de perdre le sens de l'équilibre, m'apprend-on au téléphone. Je me trouve seul sur la grève de Morgat, en Bretagne, au moment où la lumière chiche de l'hiver vient d'être anéantie par un nuage. Dans le port, le vent a alors un coup de folie qui se communique dans les anses, bat le granit, lance les cumulonimbus vers le large et me fait frémir. Je raccroche, brusquement inquiet du caprice des choses. On ne sait pas encore si le mal de ma mère vient d'un accident cérébral ou d'un dysfonctionnement de l'oreille interne. Son tympan avait été, il est vrai, très remanié par une chirurgie audacieuse en 1945. Ma mère fut en effet précocement atteinte de surdité et presque totalement muette jusqu'à l'âge de neuf ans. Privée de tout langage, elle vécut des années vides dans un monde effrayant, ou plutôt dans une sorte de non-monde. Son père chirurgien, désireux de l'intégrer coûte que coûte au sein de la société des entendants, avait jugé nécessaire de lui interdire l'accès à la langue des signes. Il préférait qu'elle maîtrisât parfaitement la lecture labiale – aptitude dont elle jouit encore aujourd'hui – et entendait la contraindre à maîtriser l'usage de la parole. Réfractaire à cette torture quotidienne, elle n'y parvint qu'avec peine. Entendre normalement et parler reste donc pour elle une sorte de « seconde langue », acquise après l'opération. D'où, sans doute, certaines bizarreries de ses processus cognitifs et de sa conduite…

Je me rue à Paris et lui fais faire sans délai les examens requis.

Son oreille interne n'étant finalement pas en cause, on transporte ma petite maman de toute urgence, nuitamment, dans le cabinet de radiologie d'un ami à moitié dingue (ce farfelu exquis pratique des scanners de couples en pleine copulation pour tenter de *surprendre des orgasmes de l'intérieur*). Ma mère se laisse avaler par la machine blanche. Stéphane commente les premières images en compagnie de l'amateur d'orgies scannerisées. Assez vite, me voilà rassuré : aucune lésion ne perturbe son cerveau ; mais Stéphane s'étonne brusquement de l'état de certaines synapses :

— Tu vois cette zone hyperactive ? Elle indique que ta mère ne ressent pas les émotions à partir du même seuil que nous.

— Qu'est-ce que tu veux dire ?

— Pour qu'elle éprouve de la jalousie, par exemple, il faut vraiment mettre le turbo ! Sans doute une conséquence de l'époque où elle était sourde-muette. Certaines connexions se sont interrompues, fibrosées.

Brusquement, tout s'éclaire : les cabrioles de la vie de ma mère, sa haine de la tempérance, les ébranlements telluriques qui ont effrayé mon enfance. Mais Stéphane ouvre les fichiers des scanners de Liberté que nous avions récemment réalisés et, soudain, les affiche sur l'écran de l'ordinateur au côté de ceux de ma mère. Concentré, il procède alors à un comparatif méthodique de leurs deux cerveaux.

— Même profil cérébral... murmure-t-il froidement. Les parties dévolues au rêve sont suractivées, même lorsqu'elles sont éveillées.

Un frisson de trouille me traverse. Une goutte de sueur aigre perle dans ma nuque. Me serais-je tourné – bien malgré moi – vers un contretype de ma mère ? Puis Stéphane ajoute, professoral :

— Mais tu as du bol... La zone du reproche, l'hypothalamus, là, est atrophique, rabougrie, à peine vascularisée... Au moins, ta mère et ta femme ne t'enquiquineront pas !

— Revenons à la question du jour... Pourquoi a-t-elle perdu l'équilibre ?

— Écoute vieux, je vais te parler franchement : ta mère est un animal bizarre. Avec elle, la science patine.

Sur ces mots, perplexe, je file la retrouver dans la salle d'attente. La situation s'éclaire alors par une phrase furtive, à peine respirée, prononcée à la va-vite :

— Au fait, mon chéri. J'ai oublié de te le dire… *Verdelot est vendu*. J'ai signé la semaine dernière.

— Nous n'avons plus de maison ? ai-je répliqué en m'étranglant.

— Nous avons désormais la possibilité de changer de décor, me répond-elle, fidèle à son ascèse.

À mon tour, saisi de vertiges, j'ai perdu l'équilibre. Stéphane m'a ramassé sur le carrelage en marmonnant « c'est vraiment une épidémie… ». Je me suis ressaisi, encore vasouillard : on venait d'annuler mon enfance à la sauvette. Cette maison était si pleine des rumeurs de mon passé. Je n'avais jamais cru que la cession – partant d'une mise à prix hautaine, fort au-dessus du marché – se ferait pour de bon. Souriante, ma mère a alors ajouté :

— Verdelot n'était plus qu'un flash-back. J'ai voulu vous rendre service et dire non à mes rides.

— Service ? ai-je repris.

— Oui, vous empêcher de vieillir. Mais si tu y tiens vraiment, tu as le droit de devenir bête et nostalgique !

— Tu peux comprendre une seconde que ça me fasse mal ?

— Oui, hélas ! Depuis que j'ai signé chez le notaire, je ne tiens plus debout. Mais on devrait toujours remercier nos souffrances… Elles nous protègent de l'encroûtement. Le vrai risque, ce n'est pas d'avoir mal. C'est de ne pas s'exposer, n'est-ce pas ?

Pour la première fois, démantibulé, j'ai entendu ce que me disait cette éleveuse née. Verdelot vendu, il allait me falloir réinventer le décor majeur de ma vie, cureter les douves de ma mémoire clanique ; et liquider une bonne part de sa mise en scène. Adieu ficelles compulsives, radotages relationnels et esthétique rabâchée ! Verdelot quitté, s'ouvrait pour moi l'opportunité de troquer le plomb de mes habitudes contre l'or d'une nouvelle façon d'exister, d'aimer, d'écrire et de boxer l'adversité. D'autres festins d'idées m'attendaient. Pourquoi s'ingénie-t-on à ne pas souffrir ? Pourquoi refuse-t-on tant ces claques salutaires qui remettent en circulation notre vieux sang stagnant ?

Faut-il l'avouer ? Je dois sans doute aux femmes les plus mauvaises de ma vie le meilleur de ma physionomie morale. Les pires – celles qui ont tenté de m'envoyer par le fond – furent parfois des agnelles métamorphosées par la folie des circonstances. Aujourd'hui je sais qu'il n'est pas nécessaire d'être née diabolique pour se changer en grizzli.

VI
Ce qu'elles m'ont appris
en me blessant

1 – *Zazie ou la vengeance épanouissante*

À dix-huit ans, je ne savais pas encore que la douleur recompose les caractères. Et qu'une fille quittée peut subitement divorcer d'avec sa douceur pour révéler un fort potentiel dévastateur. La mort d'un rêve tendre a ce pouvoir-là. J'ignorais également qu'un tête-à-queue de ce type allait, enfin, m'aider à quitter ma gentillesse maladive.

Automne 1982. Je vais mal me conduire.

Suis-je méchant ? Non, mais je prends peur.

Zazie, ma petite amie de circonstance pêchée à Lausanne (mi-vaudoise mi-afrikaner), me croit ligoté à son destin pour le reste de ses jours et surtout de ses nuits. Soudain, j'apprends – par une indiscrétion de sa grand-mère sud-africaine – qu'elle conserverait sous son lit une malle en osier contenant l'intégralité du trousseau de son futur mariage. Depuis ses onze ans, me confie son aïeule enjouée, Zazie réclame à chaque occasion, fête ou anniversaire, une fourchette en argent, une coupe en vermeil achetée chez le fournisseur de la reine d'Angleterre ou une paire de draps brodés *afin de monter son trousseau*. Sa volonté entière semble n'être que tension vers le moment de ses noces, chargé d'espérances acidulées. Troublé par cette information un brin désuète – que Zazie m'avait dissimulée – je file dans leur demeure d'Ouchy jeter un œil sous son pucier et y trouve effectivement une aumônière britche complète, accompagnée de napperons hideux en dentelles et… de layette du Transvaal pour cinq moutards. Les noms ont déjà été choisis et brodés : Eileen, Hippolyte, Rosemary, Hillary et je ne sais plus quoi encore. Sur le dessus de chaque boîte, deux noms peints à la main sont enlacés : *Zazie & Alexandre*. Même le menu trilingue (français, anglais, afrikaner) de notre futur mariage a déjà été arrêté. Tout le plan de vol semble avoir été prémédité !

Paniqué par cette ardeur matrimoniale, je romps le jour même à bord d'une barcasse du lac Léman, sous un ciel venteux.

Zazie encaisse, a un geste de répulsion autant que d'orgueil et lâche du bout des lèvres :

— *De toute façon, je porterai ton nom…*

Sur ces mots chargés de défi, elle plonge de la barque comme pour mieux retremper sa volonté et regagne le rivage à la nage sans se retourner. Cet après-midi-là, l'eau grise avoisinait les treize degrés.

Huit jours plus tard, cette imaginative esquintée culbutait mon demi-frère, Arthur, se l'attachait par de vifs sentiments (sa sensualité persuasive lui donnait des arguments) et l'épousait trois mois plus tard à Vevey. Quel viol infect ! Mes goûts érotiques allaient rencontrer ceux de mon frère à travers elle. J'en restai blessé, avec le sentiment atroce d'être replongé dans les confusions asphyxiantes de mon enfance. Zazie me connaissait assez pour savoir comment m'atteindre. Hargneuse, elle avait eu la perfidie de me mettre en échec et mat en s'arrimant solidement à notre famille, avec une expression de béatitude infinie, une sorte de triomphe extasié ; sans que mon grand frère, ébloui de passion, ait même flairé qu'elle purgeait sa bile. Je découvrais brusquement, à dix-huit ans, que le sexe peut être une arme de bon rendement.

Peu avant ce mariage, je m'en ouvris sans fard à Arthur lors d'une partie de pêche. Il s'encoléra et me traita de « petit jaloux qui regrette l'erreur d'avoir quitté une femme comme Zazie ». Je rompis l'entretien plutôt qu'avec lui et m'excusai avec maladresse. Je n'allais pas en plus offrir à cette vipère la joie de me brouiller avec mon frère. Pourquoi ce dernier prenait-il systématiquement les mauvaises portes depuis des années ?

En l'église de Vevey, Zazie dit oui à Arthur en me fixant bien droit dans les pupilles et en soupirant de langueur comblée. À cet instant, elle eut un regard dilaté de victoire, halluciné ; comme si me mortifier lui procurait une jouissance incomparable. Je blêmis, incapable d'arrêter sa vendetta en marche. Et de m'extraire du piège que cette pieuvre angélique m'avait tendu. Arthur était radieux, Zazie affectait de l'être ; et elle l'était en vérité mais de haine calculée plus que d'amour. Lors du repas de noces, à Ouchy, elle me fit remarquer avec un rire de gorge nerveux que les initiales Z et A (« comme Zazie et Alexandre », précisa-t-elle) figuraient sur toutes les nappes et les serviettes de la noce ; puis, avec un regard reptilien que je ne lui connaissais pas, elle me souffla sans vergogne :

— Mes enfants porteront ton nom…

Était-il possible qu'un rêve d'amour contrarié pût allumer une telle rage vengeresse ? Et procurer une extase aussi vive ? Ce fut le début d'un enfer souriant ; car Zazie ne se départissait jamais de ses airs de pureté teintés de bonne humeur factice. Cramponnée à Arthur, elle s'immisça alors dans une bonne partie de ma vie, sans que je puisse l'expulser. Chaque jour, je souffrais ; tandis qu'elle s'épanouissait à cultiver sa malveillance. Improvisait-on une partie de croquet près de Paris ? Zazie tenait à m'indiquer les subtilités de ce jeu en me frôlant de ses petits seins fermes et en croupionnant autour de moi. On parla bientôt d'un projet d'enfant. Les prénoms que je connaissais réapparurent : Eileen, Hippolyte et Hillary…

— ... de futurs enfants de votre branche ! précisait-elle en me dévisageant à chaque fois.

Chaque mot à double sens m'égratignait le cœur et, de ce fait, la ravissait. Elle savait bien l'effet que produisaient sur moi les effluves de confusion. Pendant tous ces mois d'été, je vécus donc sans vivre, comme happé par les intentions lucifériennes de cette blonde aux larges yeux bleus qui, couvant sa rancune, ne cessait de me manœuvrer. Un duplicata de toutes les faussetés. Décidais-je de filer en Suisse chez notre grand-mère ? Elle faisait irruption quelques jours avant l'arrivée d'Arthur pour ménager entre nous une intimité que je fuyais. Mes raidissements l'enchantaient ; avec des petits rires frais qu'elle déployait pour faire légèreté. Allais-je séjourner à Venise chez des amis communs ? Ce crampon badin débarquait sans prévenir en marquant une innocence paisible qui me sidérait. J'avais toujours le sentiment qu'elle avançait ses pions avec une affreuse joie. Ce jeu angoissant ne cessa que lorsque Arthur se suicida d'un coup de feu (évoquons ce désastre en une ligne ; oui, je suis un monstre). Par chance, ils n'avaient pas eu d'enfant à mon nom.

Sa séduction allait-elle s'abattre désormais sur l'un de mes cousins, amis ou oncles ? Six semaines après l'enterrement, je fus admis à Sciences-Po à Paris. Tandis que je consultais les listes des étudiants reçus, un nom me sauta soudain au visage. Il figurait juste sous le mien. Zazie avait passé l'examen en douce, sans m'en avertir et ne fut pas longue à entrer dans le cercle de mes camarades. Et à étourdir mes plus proches ami(e)s de sa séduction. Elle coucha même avec la fille énigmatique que je convoitais à l'époque ; juste pour me la souffler. J'étais obsédé par la traque exaltée dont je faisais l'objet.

Un jour, acculé, j'ai compris que j'étais responsable de ce qui m'arrivait. Susciter chez une fille des rêves formidables et se dérober ensuite – sans jamais les avoir découragés avec clarté – est une violence qui appelle fatalement une riposte d'intensité équivalente. Et puis, par la vivacité continuelle de mes réactions, ne collaborais-je pas à l'entretien de cet encerclement ? Chaque initiative de Zazie redonnait un peu de chair à notre (exécrable) relation invisible. Pourquoi aurait-elle mis un terme à ces petits jeux alors que j'y participais malgré moi avec diligence ?

Du jour où je me suis désintéressé de sa conduite, elle est sortie de mon giron. D'épidermique, je suis devenu distrait ; presque désensibilisé. Curieusement, cette manœuvre intime changea le cours des événements.

Merci chère Zazie de m'avoir appris à « lâcher prise », comme disent les cuistres nourris de bouddhisme de bazar. Merci également de m'avoir fait sentir combien il peut être exquis, et épanouissant, de se venger ; sans flageoler. Quel peine-à-jouir fut assez sot pour condamner une passion aussi stimulante ? L'humilié résigné s'affaisse dans son chagrin tandis que la courageuse qui se rebiffe rameute en elle des trésors de vitalité. Pourquoi assume-t-on si difficilement en public une passion aux vertus si positives ?

Zazie m'a donc appris à me revancher ouvertement.

Pour rendre la monnaie de sa pièce à la mère de mes fils, j'ai même écrit des choses fort déplaisantes sur elle dans *Le Roman des Jardin* ; mais perfidement, en faux derche, avec l'apparence de la justesse (quelle honte !), en lui concédant des grâces anodines. Lui faire payer ainsi le prix de ses coups de dents, en me situant au même niveau de médiocrité, m'a fait un bien fou. Pourquoi le cacher ? *La vengeance mesquine, un brin scélérate, procure de revigorantes sensations.* Pour rester un être vivant, de temps à autre, il faut avoir le courage d'être petit et chacal. Sans se faire passer pour meilleur que l'on est.

2 – Offensé et humilié

À chaque fois que je descends à Londres, je passe saluer la statue de Benjamin Disraeli érigée par le Parlement britannique dans l'entrée de la cathédrale Saint-Paul. Ce rituel a pour moi un caractère quasi familial, tant je me sens des siens. Lord Beaconsfield dit *Dizzy*, Premier ministre fantasque de la reine Victoria, demeure sans nul doute mon personnage de roman préféré ; même si cet illusionniste politique parvint à faire croire à ses contemporains qu'il était réel. De surcroît, sa physionomie de marbre est identique à celle, plus bronzée, de mon cher éditeur parisien ; d'où ce surnom – Dizzy – que je lui ai attribué en hommage aux délicieuses et folâtres qualités que ces deux zèbres partagent.

Et puis, la sculpture de cet Anglais irrésistible – qui se dresse à dix pas de la porte principale de Saint-Paul – possède un singulier pouvoir : à ses pieds, on ne rencontre que des êtres improbables. Des banquiers poètes, des filles de joie lettrées et amies de Saint-John Perse, des aviatrices pucelles, des dresseurs de lions slaves et de jolies magiciennes professionnelles. Disraeli n'inspire un culte souriant et une forme d'amitié bizarre qu'aux irréguliers, d'Europe, de Papouasie ou d'ailleurs. Les normaux n'aiment guère Benjamin.

En 1988, c'est dans son ombre, étouffant un fou rire au souvenir d'un excellent mot de ce vieux Dizzy (le PM) destiné à clouer le bec à son lugubre rival Gladstone, que j'ai fait la connaissance de Dora. De passage à Londres, elle aussi était venue saluer cet homme exquis qui ne cesse de la troubler, plus d'un siècle après sa triste disparition. Auprès de Dora, je me suis depuis toujours découvert de nouvelles ressources d'originalité et d'authenticité. Cette mangeuse de mouettes en civet, de palourdes, de bernicles et autres friandises de mer est française, ouessantine pour être précis, et hôtelière à Belle-Ile.

Mais d'un genre très particulier.

Dora est à demeure dans les tempêtes et les bourrasques. L'intensité du climat de Belle-Ile a forgé chez elle un caractère abrupt et des inclinations gonflées. Toutes les chambres de son établissement sont équipées de micros indétectables et de caméras discrètes. À l'insu des touristes bien entendu. Les travaux – financés par un héritage parisien – furent réalisés furtivement par une équipe finlandaise non francophone, de manière à ce que les îliens pensent – ils le croient encore – qu'il s'agit d'une installation perfectionnée anti-incendie. Mais n'allez pas croire que ses visées sont honnêtes ; bien au contraire. Le vice l'anime. Dora assouvit par là un pur voyeurisme, en même temps qu'une passion vive pour la vérité des êtres et des couples qu'elle aime peindre (à l'huile) sans leurs déguisements moraux. Cette fille cherche à la fois la réalité et l'excitation. Me reconnaissant au pied de la statue de notre ami Disraeli, elle m'avoua aussitôt avoir emprunté à mon film *Fanfan* une idée qui avait enflammé son imagination. Comme dans le film – et le roman qui l'a suscité – Dora avait fait construire derrière un miroir sans tain l'exacte réplique inversée d'une chambre de son hôtel, de manière à pouvoir dormir côte à côte avec certains de ses clients (les lits sont accolés de part et d'autre du miroir) et afin qu'elle puisse prendre son bain à leurs côtés (les deux baignoires séparées par la mince glace sans tain semblent se toucher). Cette chambre unique en Europe – la numéro 7 – est réservée à la clientèle de choix, celle dont Dora souhaite explorer l'intimité au plus près. C'est là, dans ce réduit plein d'ombres, qu'elle a sans doute réalisé ses plus belles toiles ; celles qui accèdent au fantastique et au « non convenable » niché dans le réel, loin des forêts de tabous.

En novembre 1988, Françoise Verny, ma défunte éditrice, me proposa de fêter mon prix Femina en invitant dans un hôtel, à ma fantaisie, tous les journalistes qui avaient fait le succès de mon *Zèbre*. Contrairement à ses habitudes, la maison Gallimard avait décidé d'être fastueuse dans ses débours. Connaissant la passion de Françoise pour Belle-Ile et devinant l'intérêt qu'elle prendrait à rencontrer Dora, je lui recommandai son établissement ; sans lui avouer la réalité. Antoine Gallimard, féru de mer, donna son accord.

C'est ainsi qu'en décembre 1988 nous partîmes pour Belle-Ile fêter mon Femina à la tête d'une escouade de scribouillards de presse en tous genres. Une garnison de critiques et de gabelous du littérairement correct, entraînés derrière ma pythonisse sans cou. Là-bas, une fois l'hiver établi, l'océan boursouflé est aux prises avec différentes poussées, des nœuds de courants qui étranglent l'île. Nous arrivâmes donc sur une mer colérique, remplie de remous bruyants et massifs, de crêtes d'eau dont l'effondrement produisait un formidable tapage sous des torchées de pluie. Le bateau roulait sans cesse, lancé par une houle froide qui menait son tumulte des mois noirs. Le ciel s'orageait à vive allure et la bise cinglante nous envoyait des paquets de brume à la figure. L'estomac dans les talons, nous débarquâmes côté continent par le port du Palais aux digues mordues de rouleaux sauvages.

Ces tangages en annonçaient d'autres.

Le soir même, Françoise porta un toast circonstancié, évoqua mon prometteur talent et, pour abréger les fatigues du voyage, laissa chacun regagner sa chambre. Mais tous eurent à cœur de me gratifier d'un petit mot gentil. L'arène littéraire semblait, ce soir-là, un aimable patronage. Dehors, les ruissellements d'eau vernissaient l'île. Bombé d'orgueil mais modeste dans ma pose, j'acceptai ces compliments, subtile marqueterie d'hommages que je jugeai à la fois mérités mais sans doute trop tempérés. M'avait-on suffisamment flatté ? Vétilleux, j'en doutais. C'est alors que l'ouragan véritable commença.

Posté dans le bureau de Dora, je me mis à épier les propos intimes de cette délégation de la république des lettres. Tous, rencognés dans les vingt-quatre piaules, ne furent alors que ricanements vachards et gloussements à mon endroit. On pouffa de mon « prometteur talent ». On se gaussa de ma niaiserie gentillette en se brossant les dents. Mes personnages ? Les moins poussés de la rentrée. On fulmina même contre mon succès facile et tarte ; et l'on se promit bien de me le faire payer à l'occasion. On m'écorna en disant des choses qui ne me parurent pas inexactes. De vache sacrée en devenir, je finissais en veau de l'année ficelé pour l'abattoir. Cette symphonie de claques, sur tous les écrans et en stéréo, me laissa pantelant. La vérité se ruait vers moi par le canal de cette vidéo maudite.

Ce soir-là, Dora me peignit décomposé, au moment où, brocardé, j'apprenais l'humilité et la nécessité du mensonge social. Sur cette toile, que je n'ai jamais pu acheter, on voit l'envers de mes sourires, le rictus affreux d'un type confronté à la défaite de ses vanités. Vaincu dans sa crétinerie. C'est Cécilia qui la possède (ma chère Dora a fini par devenir l'une de ses informatrices). Elle a même accroché ce tableau saisissant de ma déconfiture dans sa maison de Morgat, juste au-dessus du bocal de formol qui contient son oreille anglaise.

Néanmoins, je continue de rendre visite à Disraeli lorsque je me rends à Londres. Je ne lui ai pas fait grief de ma désillusion. Ce voyage amer à Belle-Ile m'a brusquement rendu plus attentif à ceux que j'écrasais, à mon insu, de mes suffisances.

3 – *Tokyo, terminus de mes vanités*

Une autre expérience, japonaise, acheva de laminer mon ego.

Fin du XXᵉ siècle. Je suis invité à Tokyo lors de la parution de l'un de mes romans. Très décalé dans les fuseaux horaires, je rencontre un vrac de journalistes cultivés, dévots de la littérature française, qui me gratifient de menus cadeaux accompagnés de leur fameuse carte de visite. En fin de journée, je souffle après l'assaut de ce peloton de la curiosité. On me réclame à la réception de mon hôtel trop moderne. Un visage surgit, l'un des plus beaux d'Asie, celui de la frêle et francophone Hatsuyo. Cette fille affirme raffoler de mes romans. Cette fille me propose une virée dans un Japon moins neuf. Cette fille a toutes les grâces.

Mais je ne comprends pas pourquoi elle me harcèle de questions sur Belleville et sur ma manière, supposément désinvolte, de bouquiner. De plus, elle ne cesse de s'étonner que je paraisse si jeune et que j'aie changé de paire de lunettes (en 1998, j'en portais encore). Mais on pardonne bien des incongruités à une fraîche personne qui recharge la pile usée de votre libido.

Sept changements de trains lents et rapides plus tard, confiant dans le sens de l'orientation de la belle Hatsuyo, je me laisse entraîner nuitamment dans une baie immobile, une sorte de jungle civilisée en réduction. Derrière un rideau de bambous frissonnants surgit une maison de papier traditionnelle du XVIIIe siècle, empilement de paravents verticaux peints qui se reflètent mollement dans les eaux obscures de la mer. Une lune a le bon goût d'éclairer cette minute prodigieuse. C'est là qu'une idylle physique hors du temps peut et va naître. Hatsuyo me sourit de tout elle-même et de tout son bonheur de me voir là ; ce qui ne laisse aucun doute sur l'issue de ce joli traquenard.

Taquine, Hatsuyo m'indique un tatami ancien au milieu duquel trône un lit à la mode locale, fait d'édredons de soie. La flamme d'une bougie nous procure le mystère requis par une telle scène. Puis Hatsuyo disparaît pour revenir… nue, avec un livre de la NRF qu'elle me prie de dédicacer en s'agenouillant.

Je prends un stylo, saisis le bouquin et, stupéfait, déclare :

— Mais… c'est un roman de Pennac !

— Oui. Vous n'êtes pas Daniel Pennac ?

Sottement, j'avoue mon identité et me fais soudain l'effet d'un colis piégé. En un instant, la féerie de la soirée se détricote.

Horrifiée autant qu'humiliée, la fille rabat un édredon sur ses seins ronds, m'expulse de la piaule en papier et me jette hors de sa propriété familiale en hurlant comme dix chats se débattant dans un sac. Il se met alors à pleuvoir, une mousson inopportune. Totalement égaré et détrempé jusqu'aux moelles, n'ayant pas la moindre idée du lieu où je me trouve, incapable de déchiffrer les idéogrammes et autres syllabaires qui ornent les panneaux et les gares où personne ne pipe un mot d'anglais, je mets presque vingt-quatre heures pour regagner mon hôtel tokyoïte.

Cette capilotade en rase campagne japonaise me reste comme un moment sévère d'apprentissage de l'humilité. Je ne m'en suis toujours pas remis ; et, dois-je l'avouer ? j'en garde une secrète tendresse pour... Daniel Pennac !

4 – *Ce qu'il ne faut pas voir*

Ma tante Jeanne – celle qui devait ultérieurement révéler sa double vie avec le frère de son mari – exploita longtemps un cinéma à Évreux. Ses pratiques discrètes imposèrent durant des années à la population ébroïcienne des versions rectifiées des films qu'elle proposait (son cinoche aurait pu s'appeler fort justement « *Le Paradiso* » !). Jeanne ne tolérait pas les fins tristes ou seulement voilées de pessimisme. Diligent, mon père lui avait procuré une vieille table de montage réformée, récupérée aux studios de Boulogne, qu'elle avait installée dans son garage. C'est sur cette *Steenbeck* grinçante que ma tante coupait systématiquement les fins déprimantes ; ou alors elle les remaniait, en recyclant des images riantes des bandes-annonces, de manière à offrir au public local, qui ignorait tout de ses méthodes, une issue moins noire. Même le *Roméo et Juliette* de Zeffirelli se terminait bien à Évreux.

Dans le garage de Jeanne, il y avait donc un chutier rempli d'épilogues ignobles et de derniers actes ulcérants. Souvent, je participais à cette censure familiale en faisant ajouter dans cette poubelle de nos répulsions certaines scènes odieuses. C'est ainsi que *Bambi* fut longtemps donné à Évreux sans la scène insoutenable où la maman se fait abattre par un chasseur ; ce qui, apparemment, ne perturba guère le fil du récit pour les spectateurs.

Enfant, j'appris donc auprès de Jeanne *qu'il était possible pour les membres de notre famille de remonter le réel.* Nous n'étions pas destinés à subir les histoires qui nous seraient projetées. L'habitude de gommer les inconvénients de la vie fut chez moi vite prise : je n'allais en vérité au cinéma qu'à Évreux. Et comme Jeanne m'aimait beaucoup, elle me *préparait* ses films en exclusivité lorsque je venais passer chez elle des vacances ou des week-ends vides de toute tension. C'est ainsi que j'ai découvert Bergman et Visconti expurgés de la moindre noirceur ; comme les films écrits à l'époque par mon papa. Ce qui rendait, je dois le dire, toutes ces œuvres presque pimpantes.

Par extension, je pris l'habitude, enfant, de caviarder les passages stressants des romans et, surtout, des biographies, dont je me goinfrais.

Adolescent, j'ai longtemps poursuivi ce long travail de *remontage* de la littérature que l'on avait cherché à m'imposer sans prendre la précaution d'en retirer soigneusement toutes les arêtes ; celles qui vous restent trop longtemps au fond de la gorge. Ma bibliothèque d'alors comportait des dizaines de volumes *destressés* : du Proust allégé de toute trace de jalousie, du Dostoïevski exonéré de culpabilité déplaisante, du Zola presque riant, sans révolte aucune. La vie de Charles de Gaulle écrite par Jean Lacouture devenait même une aimable promenade, pleine de fanfaronnades, avec un intermède britannique des plus plaisants. En tirant un de mes livres au hasard, j'étais certain de ne pas être incommodé. C'est Françoise Verny qui, lorsque j'avais à peine vingt ans, me fit renoncer avec véhémence à cette exquise habitude héritée de Jeanne.

Le fameux chutier de ma tante au fond du garage, gavé de la somme de nos répulsions, m'inspirait, gamin, une frousse incontrôlée. Je faisais toujours un détour pour ne pas le frôler lorsque je devais aller chercher un vélo ou un outil, par exemple, dans ce local sombre.

Et puis un jour, il arriva quelque chose d'inouï. La fille aînée de Jeanne mourut d'un chagrin d'amour. Chez les Jardin, ce sont des choses qui arrivent. Jeanne reçut alors toutes les émotions noires dont elle avait voulu préserver sa ville, les siens et elle-même.

Le dimanche matin qui suivit la mort de ma cousine Paula, Jeanne me pria d'assister à une projection solitaire dans son cinéma. J'avais douze ans. Tout de suite, j'ai senti que quelque chose d'anormal se tramait : elle m'enferma à clé dans la grande salle et se posta vite derrière la vitre de la cabine de projection, le regard extatique. Pendant près de quatre heures et demie, j'ai alors subi l'abominable spectacle de toutes les scènes qu'elle avait coupées depuis des décennies. Trahisons, scalps arrachés, laideurs morales, yeux déchirés, rires vicieux, désamours navrants, suicides en vrac, cow-boys descendant durement en ville, attentats fous, fumées de grillades humaines, viols, silences familiaux, tortures menées par des ordures incoercibles, déportations. Tout ce qu'elle et moi n'avions pas voulu voir avait été collé bout à bout par ma tante, dans le désordre, de manière à former une symphonie de l'épouvante et du veule. Le son, je m'en souviens en frissonnant, était poussé à son comble. Bizarrement, elle avait ajouté à ces images, en boucle et diffusée sur la sono du cinéma, la ronflante symphonie n° 40, K550, 1er mouvement, de Mozart (cette précision me fut donnée par la suite).

Au début, comprenant ce qui se passait, j'eus le réflexe de fermer les yeux et de me boucher les oreilles. Mais peu à peu, je m'ouvris bien malgré moi et, les heures passant, je finis contre toute attente par voir et même par m'intéresser avec passion à ce kaléidoscope d'atrocités, *à goûter cette esthétique syncopée de l'ignoble. Le mal serait-il enivrant ?*

Jeanne avait-elle voulu se venger sur moi du coup injuste que le destin lui portait ? Quelle folie noire avait amené cette mère déchirée à m'infliger – et à s'infliger en cabine ! – pareil traitement ? Je lui dois de m'avoir, ce jour-là, ouvert les yeux durablement. L'obscur, à présent, fait partie de mon intimité.

5 – Résurrection à Port-Cros

Revenons un instant sur mon chemin d'humiliation qui connut – j'ai failli l'omettre tant cela me percuta ! – un pallier supplémentaire en Méditerranée. Cependant, j'en tirai cette fois un rebond fort positif.

Rosalie m'avait entraîné une fin d'été avec Liberté sur son île sensuelle de Port-Cros dans un hôtel chic et bizarre, sorte de succursale d'un siècle enfui : Le Manoir. Que l'on se figure une harmonie un peu hautaine blanchie à la chaux, pas un jaillissement architectural, non, plutôt une bâtisse humaine encadrée de tourelles, un de ces lieux qui peuvent conférer de l'exaltation, de l'enivrement même, à ceux pour qui l'Inde de la fin du XIXᵉ reste une nostalgie. On y est tout de suite gagné par le goût et la nécessité de la politesse. Fatiguée

du charivari de ses dispersions urbaines, Rosalie
vient souvent y tempérer les feux de son tempérament ; ou tout simplement réapprendre à dormir.
Des accointances familiales la rattachent à ce
havre hôtelier qui refuse encore la télévision,
l'introduction des nouvelles et les vomissures de la
modernité ; mais où d'étranges effervescences se
manifestent sous des dehors paisibles et désuets.
Ici, les heures ne courent plus. N'y déferle que la
lenteur. Les convenances en usage au Manoir ne
sont peut-être que faibles restes de la science des
rapports sociaux qui prévalait à Windsor du
temps de ce cher Disraeli, mais il plane encore
là-bas à l'heure des repas une indolence chic en
odeur d'Angleterre, un beau maintien qui survit à
toutes les tables. Simenon et le très composite Jean
Paulhan (oui, oui !) ont d'ailleurs laissé leur rond
de serviette parmi ceux des habitués ; on n'a toujours pas jugé utile de s'en défaire.

Il faut dire qu'ondoie sous les palmiers et les
lauriers du Manoir une clientèle des plus ahuris-
santes : un vieux cosaque sans nez qui commande
sec, très militaire d'allure, dont le visage n'est
qu'une grande escarre rose (sans doute l'un de ces
soldats qui crurent faire main basse sur l'Afgha-
nistan avec le sang des autres), des entités bosto-
niennes réchappées d'une aristocratie de la côte
Est américaine que je croyais ensevelie dans les
romans de Henry James, des femmes perses, un
peu podagres et clopinantes, qui trouvent tout

travail si indigne d'elles qu'elles sonnent pour un kleenex, une jeune maîtresse d'un prélat romain d'une excessive susceptibilité au froid qui se gaine de laines, des fantômes d'hommes aux rêves en déroute (dont un qui, sans fournir d'explication, porte le soir perruque à catogan et à rouleaux qui l'aristocratise étrangement). Toute une faune insolite qu'eût estimée ma grand-mère.

Le propriétaire, souriant par plis de caractère, est d'une cordiale retenue, pratiquant volontiers cette modestie supérieure des vieux suzerains. En lui s'achève un monde. Dans sa bouche, la culture et la sauvagerie parlent d'une même voix ; et surplombent le commun des mortels. Personnage solide au moral comme au physique, d'un bois qui ne fend pas, ce philosophe vêtu de blanc ne s'adresse pas à ses clients si cavalièrement qu'on le fait sur le continent. Il gradue, selon une juste hiérarchie : « veuillez me faire la grâce » est réservé aux écrivains, « me feriez-vous l'honneur » semble dévolu aux jolies femmes et enfin « faites-moi plaisir » aux gens bêtement riches. Quant au fretin des modeuses de la Côte d'Azur, il a des *Madame* très inclinés mais accompagnés d'un sourire carnassier, par en dessous. Là-bas, l'argent n'a pas encore tout brouillé sous sa grosse patte. Seigneur incontesté de ce rocher (qui pourrait lui disputer le pas ?), de la plus sûre éducation, dressé jadis à une courtoisie aussi déliée que rafraîchissante, il a de ces attentions fines qui signalent les individualités qui savent se prodiguer avec aisance, dans une ubiquité qui le fait apparaître partout. Mais lorsque l'animal délie sa faconde, c'est toujours pour rire.

La folie de cet homme ? Interdire au temps de passer sur son récif de Port-Cros. Le Manoir n'est qu'une façon d'incarner – et de financer – cette obsessive passion. On le verra donc moins hôtelier que metteur en scène de ce rétropédalage constant.

La directrice de cette superproduction insulaire – car il n'est guère aisé de chasser le XXIe siècle à quinze kilomètres des côtes ! – se nomme Florine. La première fois que j'ai vu ce personnage énigmatique, flottant au-dessus des vanités, elle nourrissait à la petite cuiller un puissantissime patron qui a longtemps dominé le siècle par l'écrasement et qui, fatigué d'aboyer, vient ici chaque fin d'été retrouver les sensations simples de son enfance. D'une blédine grumeleuse, l'œil planant sur la clientèle, elle gavait ce zigue. La scène étrange se déroulait aux abords de la terrasse qui ouvre sur la mer. Je causais, attablé avec le maître des lieux qui me confiait avoir – comme le père de Dizzy ! – légué récemment son crâne à la Société Royale des amis de Shakespeare, de manière à ce que blanchi et lustré, ce fragment de son squelette puisse ultérieurement jouer un rôle éminent dans *Hamlet*. Avec des manières exquises, Florine abandonna enfin son bébé ventru du CAC 40 sans juger l'étrangeté de ses désirs ; puis elle fila saluer un autre client, neuchâtelois, vieil ami de la famille Jardin qui a fait vœu il y a fort longtemps déjà de vivre toujours nu. En fin de saison, ce cher Léonard de P. s'échappe de l'île voisine du Levant infestée de naturistes pour séjourner ici dans le plus léger appareil. Vétuste mais un peu capétien d'allure, Léonard pousse le nudisme jusqu'à se raser la tête et à se faire épiler intégralement les sourcils tout en portant des lunettes de verre. Florine ne le tolère qu'aux abords de l'automne, furtivement, lorsque Le Manoir est moins fréquenté.

Cette Florine ne juge pas les être humains ; seulement les livres.

La bibliothèque de l'hôtel, tout entière contenue dans une petite armoire vitrée qui trône au fond du hall à colonnes blanches, est d'ailleurs la sienne. Mais Florine n'y range que des épaves de romans, délabrés avec discernement. En effet, sa vieille habitude est d'arracher les pages qu'elle trouve falotes, peu hallucinées, insincères ou blessant la grammaire, de manière à ne laisser sous les couvertures que les passages qu'elle juge dignes d'être lus ou relus ; sans que la morale s'en mêle (ouf !). Au Manoir, on n'avalera donc que des textes supérieurs, à la fois ciblés et expurgés.

L'ayant su, je me dirige vers la frêle armoire ; et là, stupeur, j'y trouve deux de mes livres : *Le Zubial* et *Le Roman des Jardin* ! Très flatté, je les tire. Quelles pages ont eu grâce aux yeux exigeants de Florine ? Je soulève la couverture du premier et y trouve… rien, une béance, le vide de ma nullité supposée. Dans le second de même. Toutes les pages des deux volumes ont été arrachées. Interloqué, je vais trouver Florine qui, d'une voix prompte de larynx, me réplique en guise d'explication :

— Mais vous n'êtes pas encore écrivain Monsieur Jardin !

— Alors pourquoi avez-vous mis ces couvertures vides ?

— *Parce que vous le deviendrez peut-être…*

Ces paroles spontanées, ces deux ouvrages démembrés (que dis-je, ravagés !), m'ont grièvement affecté. Plus que de raison sans doute. Aurais-je dû les détruire moi-même avant publication ? Pendant des mois, j'ai repensé en frissonnant à l'image de mes deux livres si atrocement mutilés. J'aurais tant aimé être un peu apprécié des originaux qui peuplent un tel lieu.

La franchise de Florine m'a stimulé : elle m'a aidé à condamner le roman que j'ai fini par brûler en avril 2007 ; celui qui me conduisit à planer fictivement dans le ciel d'Oslo.

6 – *L'amnésie d'Alexandre*

Au début de ma nouvelle vie, j'ai été un peu lent à saborder totalement mon premier mariage. Durant des semaines, Liberté eut à essuyer ma douleur de terminer une famille bien plus que ma difficulté à finir un couple. Cette liquidation me suppliciait. J'avais tant espéré que mon ébauche de clan – trois fils merveilleux ! – me sauverait des instabilités de mon sang. Dans quelle région de mon être m'étais-je perdu ? Mes états hésitants devenaient répulsifs à Liberté. Courageuse, et pour ne pas sombrer, elle me quitta un soir où nous devions nous envoler pour New York.

J'en ressentis aussitôt une mort quasi clinique.

Enclos dans mon chagrin, abattu de lyrisme sombre, je demeurai longtemps déchu ; sans plus chercher à me corriger de mes rêveries nostalgiques. Je ne savais plus le réel. Liberté vivait constamment dans mes émois. À chaque minute, mon esprit déviait vers sa beauté sensationnelle. Je faisais sans cesse l'exégèse de nos fous rires enfuis. L'air de notre chambre, que je refusais d'aérer, était encore de sa présence. Je souffrais d'elle, mais cette peine restait une intimité furtive, comme une ultime solution. Où était-elle donc ? Liberté était-elle seulement un peu veuve de moi ? Suffoqué de son culte, je tremblais de sa présence invisible qui ne me lâchait pas et ne respirais plus qu'avec de l'égarement. Vivre ainsi, enveloppé de solitude, me dissolvait.

Une nuit saturnienne, je fus même visité par de très définitives pensées.

J'eus alors la sensation de me décoller du *moi* qui me tenait encore lieu de personnalité. Alexandre Jardin, personnage social, se substitua insensiblement à mon *je*. Cet Alexandre, faraud et distrait de toute intériorité, se mit à mener mon quotidien, me déchargeant ainsi d'exister. Séparé de tout ce qui avait fait ma sensibilité, comme purgé d'intime substance, il se passionna subitement de nature, de forêts épaisses, d'étendues maritimes ; et y trouva une explosion sensorielle de substitution. Alexandre J. se donna furieusement aux choses pour s'arracher aux êtres. Mordu de paysages illimités, il partit skier dans les Alpes en compagnie de relations. Éprouvait-il encore de l'amitié réelle ou quoi que ce soit ? Évoquer New York, dont lui et Liberté avaient tant rêvé en duo, ne le touchait même plus.

Il eut alors un accident de ski gravissime sur une pente de Val-d'Isère, au milieu de cette montagne qui se dresse fermement. Le coma fut son issue. Alexandre resta longtemps demi-vivant et, dans la langueur des jours incertains, se réveilla un matin à l'hôpital de Grenoble. Liberté, accourue dès l'annonce de la catastrophe, était à ses côtés lorsque le gisant ouvrit une paupière. Il prononça alors des mots extraordinaires, avec une émouvante inertie :

— Tu as bien les billets pour New York, mon amour ?

— Oui, balbutia Liberté dans le potage de son émotion.

— Je croyais les avoir perdus... ajouta-t-il la bouche pâteuse. Qu'est-ce que je fais là ?

Tout voulait qu'il parlât ainsi à Liberté : une amnésie complète avait segmenté l'esprit d'Alexandre, effaçant d'un coup les jours amers et prostrés de leur rupture. De crainte de le fragiliser dans un moment de santé encore précaire, et peut-être aussi parce qu'elle le désirait, Liberté ne lui fit pas ressouvenir de leur séparation. Elle évoqua seulement son accident de ski, sans chinoiser sa tendresse ; et lorsqu'elle ressuscita enfin la réalité factuelle, quelques semaines plus tard à New York, il était trop tard pour se fâcher : leur amour avait repris un joli cours commun.

Sept ans plus tard, j'avoue : cette amnésie fut une feinte.

Assommé de chagrin, j'ai su à l'époque qu'une passion décisive, celle d'une vie, mérite toutes les audaces. Oui, je dis bien toutes. En me ravageant, Liberté m'avait enjoint *de remiser tout ce qui en moi résiste encore aux solutions imaginaires.*

7 – Maman m'a dit (7)

Personne ne m'a mieux blessé que ma mère.
Personne ne m'a plus soigné qu'elle.
J'ai grandi dans une atmosphère déréalisée. Chez nous, l'illusoire régnait en superbe et la représentation de toute chose tenait lieu de vérité tangible. Surtout lorsque ma chère maman réinventait mon existence avec assurance, biseautant

tout allègrement. Mon frère n'avait pas encore
pour père son géniteur effectif mais *celui dont elle
racontait qu'il l'était* ; et cela devait nous tenir lieu
d'Évangile. Ma mère passait pour une maman
nécessairement présente, dispensatrice de soins
vigilants, puisque la légende qu'elle répandait
voulait qu'il en fût ainsi. Ma vie d'enfant cerné de
nounous était toute d'esseulement et de froid
intérieur, alors même que maman présentait la
ronde de ses hommes comme un vaste système
pédagogique censé m'entourer. N'étais-je pas
épanoui puisqu'elle m'aimait comme un Dieu ?
Sa vie d'héroïne des seventies ne lui laissait, il est
vrai, guère le loisir d'ajuster son agenda à mes
horaires d'écolier. Mon père ne m'avait-il pas pro-
digué suffisamment d'attention pour assurer mon
envol (autre mythe) ? Se leurrer soi-même était
une obligation familiale ; *de là sans doute mon
aptitude à voir le monde tel qu'il n'est pas.* Je n'ai
fait que lui emboîter le pas ; avec succès d'ailleurs
puisqu'en me dupant jovialement j'ai sans doute
moins souffert que mon frère et ma sœur, tôt
défoncés par de vertigineuses lucidités (ont-ils eu
le choix ?). Pour me divertir de mes peines et surtout de ma solitude suffocante, j'ai donc appris à
mon tour à *faire du texte* ; en adhérant sans
réserve aux versions que notre mère concoctait.

Pour nous soigner de la vie merveilleuse – et
plutôt drôle, malgré les kyrielles de drames –
qu'elle nous infligeait, elle eut un jour recours
au mari de Madame Folichet (ma maîtresse

de CM2). Augustin Folichet, éminent psychanalyste à gilet de la rive gauche, lui semblait l'homme de la situation ; car, dans ses délires sincères, maman devait bien sentir que quelque chose ne tournait pas rond. Peut-on regarder constamment les choses telles qu'elles ne sont pas et enseigner aux enfants l'art de se mystifier soi-même ?

Le brave Dr Folichet déboula à Verdelot mais devint hélas une victime collatérale de notre système : en une vingtaine de séances, confronté aux Jardin, cet adroit freudien tourna totalement fou. Hagard de nous avoir trop connus, titubant, il fulmina une communication décousue lors d'un congrès international de psychanalyse qui se tenait à Zurich. Ses pairs le firent instantanément interner. Sa clientèle, déboussolée, cessa de voir en lui un recours. Il termina seul dans un F2 à La Courneuve, habillé de peu et vagissant. Aujourd'hui encore, on peut l'apercevoir cuvant sa dérive, errant parfois sur le quai de Jemmapes entre chien et loup. Son regard d'huître, égaré dans quelque pensée inaccessible, fixe fébrilement les eaux glauques de la Seine. Fréquenter notre logique contagieuse n'était pas sans risque.

Voir le monde tel qu'il n'est pas...

Cette infirmité fut un colossal cadeau que ma mère me fit, sans nul doute, mais aussi la source d'une forme de déréalisation de ma personne. Réécrire inlassablement mon sort m'est devenu naturel ; au point que je ne sais plus très bien à présent si le regard que je porte sur la jeune femme que fut ma mère – si différente de la personne actuelle ! – possède la moindre réalité historique. Mes souvenirs, ces zones de brouillard, me paraissent douteux ; seuls mes romans sont fiables à mes yeux. Je n'accorde créance qu'à ce que je réinvente. Ai-je rêvé avec angoisse devant maman comme devant Zazie qui ne fut peut-être, après tout, qu'une douloureuse aux abois ? Florine est-elle bien la femme étrange, blonde un peu flottante, que j'ai cru apercevoir à Port-Cros ? Bérénice la fliquette existe-t-elle telle que j'ai désiré la voir ? Les accélérations parisiennes de Rosalie ne sont-elles pas, plus simplement, les foucades d'une demi-vierge du VIe arrondissement ? Qui peuvent bien être Cécilia la paparazette et ma chère Double-mains ? Des emberlificoteuses, sans doute. Ma banquière n'est-elle pas, au fond, une incurable désespérée ? Giovanella ne serait-elle qu'une foldingue transalpine bonne à enfermer ? Est-il sûr que chaque femme soit un roman ? Ne leur ai-je pas prêté à toutes le caractère de personnages alors qu'elles ne sont, je le crains, que de fragiles personnes ? Parfois, il me semble que je n'ai jamais eu rendez-vous avec le réel. Quand une femme me parle, j'entends à la fois ce qu'elle me dit, ce qu'elle aurait pu articuler et ce qu'elle devrait me crier pour que mon sort soit une féerie ou une tragédie stimulante. À présent, je m'interroge : la réalité se trouve-t-elle dans le corps observé ou dans l'œil qui regarde ?

Cette question, je l'ai posée récemment à ma mère qui m'a répondu outrée :

— Dans l'œil, mon chéri. Comment peux-tu en douter ?

8 – *La montre de mon père*

Automne 1979. Depuis un an déjà, mon père porte une montre aux aiguilles fixes ; un objet de sa fabrication qu'il a sculpté dans une pièce de chêne, au fond de son atelier à Verdelot. Sa manière, sans doute, de réfuter son cancer. Sa manie obsessive d'escamoter les signes du passage du temps s'est encore aggravée. Papa ne tolère plus les pendules ni les calendriers trop visibles ; encore moins les agendas.

Alors, soudain, sentant le soir monter, ma mère se met en tête de lui apprendre la mort, en déployant des trésors de suavité. Il fallait bien mettre le présent en pause. Certains jours, elle l'emmenait à Verdelot voir les feuilles tomber dans les sous-bois touffus de Seine-et-Marne. Une molle douceur rendait la saison émouvante, persuasive. Retenant *son temps*, papa s'épuisait alors en perceptions lentes. À Deauville sur la grève, maman lui donnait parfois des cours de crépuscule. Elle éclairait plus souvent la maison de bougies qui s'achevaient et n'hésitait pas à inviter des mères accablées de nouveau-nés. Tout ce qui commençait et finissait se mit à bruire autour de nous. Puis, au risque de choquer papa, elle poussa même avec lui la porte d'expositions consacrées aux « Vanités », ces tableaux que les bourgeois hollandais commandèrent en rafales pendant trois siècles ; y figure tout le répertoire des symboles qui évoquent l'éphémère et la précarité de la vie : crânes qui indiquent que nous terminerons squelette, eau s'écoulant, flétrissure d'un fruit coupé, sabliers, fugacité d'un feu… Une copie d'un Jacob de Gheyn de 1603 (un malabar de cette école) fut même installée dans leur chambre, rue Mesnil.

Mais il y eut plus beau encore : dans les derniers mois de la vie de mon père, alors que les métastases grouillaient sous sa peau brûlée par les rayons au cobalt, ma mère fit venir à la maison un peintre, habile portraitiste. Des heures durant, ils posèrent ensemble mais l'artiste, au lieu de les figurer tels qu'ils étaient à quarante-six ans (lui) et quarante-quatre ans (elle), les représenta tels qu'ils ne seraient jamais ensemble : à quatre-vingt-dix ans, tassés d'épreuves, de fous rires et d'étonnements. Ma mère lui avait commandé cette modification saisissante ; afin qu'ils puissent se découvrir de concert, polis par les saisons, tels qu'ils ne se verraient pas. Elle tenait à ce qu'ils eussent vécu, en raccourci, toute la course d'une longue existence commune. Le tableau fut accroché à Verdelot. Il y est resté longtemps puis fut rangé Dieu sait où. Liberté ne le connaît pas.

Les femmes sont des horloges, plus encore que nous autres ; leur métier est peut-être de nous initier aux époques de l'âme, à la nécessité d'expirer un peu chaque jour pour renaître plus neuf. Mon père, jadis en colère contre la fuite des jours et l'érosion de tout, accepta même de ma mère, un soir de tendresse, de troquer sa montre de bois – aux aiguilles fixes – contre une véritable montre, en acier : un mouvement suisse qui se remonte automatiquement quand on fait des gestes.

— Tu vois, me chuchota-t-il d'une faible voix de larynx, étonné par son propre changement, *j'apprends l'or du temps.*

Six mois plus tard, cette Rolex de 1969 s'obstina à égrener ses secondes sur son bras froid, livide et plein d'inertie mortuaire. Sur lui, il n'y avait plus que ce mécanisme qui vivait ; avec, sans doute, les cellules de sa barbe et de ses cheveux acharnées à durer. Le 31 juillet 1980, ma mère décrocha la montre de son poignet roidi pour qu'elle puisse continuer à vivre sur le mien. *Ce jour-là, en refermant le bracelet métallique sur mon poignet gauche, elle m'apprit à mourir.*

Depuis, je porte constamment cette montre. Un jour, je le sais, mes fils s'en saisiront. À leur tour, ils rencontreront des femmes qui leur enseigneront comment ne pas regarder le temps comme un adversaire intime ; mais bien comme la main amie qui, sans cesse, rappelle qu'il faut se hâter et se nettoyer de ses peurs. En laissant toute prudence au vestiaire. C'est ce qui vient de m'arriver. Pour mes quarante-deux ans, de retour d'Oslo, Liberté m'a offert un curieux cadeau : un tableau de moi vieux, accablé d'âge ! La même idée a germé dans son cortex, parfois si curieusement semblable à celui de ma mère. Dans ce cadre, assailli de rides et un peu voûté, un vieil Alexandre Jardin peint à l'huile me regarde la lippe hautaine, d'un air de me dire sur un ton wildien : « Imbécile, presse-toi d'oser, vote vite pour l'intranquillité, échappe-toi de tous les carrés ; un jour il ne sera plus temps. » C'est devant cette toile, accrochée dans mon bureau rouge des Batignolles à Paris, que j'ai écrit ces lignes et que je prends congé de ces femmes qui furent et sont encore, pour certaines, mes professeures de métamorphose.

À ma montre, celle de papa, il est très exactement huit heures vingt du matin à l'instant où je tape ces mots ; l'heure où j'ai aperçu Liberté pour la première fois il y a sept ans, d'un coup d'œil dilaté. Parviendrai-je à épouser cette femme qui, déjà, m'apprend à mourir en dansant sur les tables ? Elle sait si bien me mettre en demeure de rencontrer l'inattendu. À son bras, je consens à vieillir.

*J'adresse mes vifs non-remerciements
à toutes celles qui ne m'ont rien appris
(ou presque)...*

Adélaïde de R. (ma maîtresse de CP), Alessandra K., Alice F. (monitrice d'équitation aux idées momifiées), Amandine (gourgandine sans relief), Amina, Bénédicte B. (juge des enfants prévisible), Carole, Charlotte V. (possédée par ses opinions politiques), Clotilde (élue du Calvados friande de proverbes), Cyrielle, Deborah Z. (qui devrait reprendre ses cours de Talmud), Diane (bibliothécaire attendue), Émilie, Eugénie, Esther, Fatima (qui cachait bien son jeu), Flavie, Floriana, Garance (hélas !), Judith, Katia, Kumiko, Lorraine, Lou, Malika, Manuela (amour pluvieux), Marianne, Maud, Nadège, Noémie, Ophélie, Pauline T. (prof de français jouissant peu de son métier), Perrine, Philippine N. (libraire trop sage), Rachel, Rafaela (j'en attendais tant !), Samia, Sandrine, Ségolène-Marie d'H. (une conne imbattable), Stéphanie, Summer W. (faut-il la citer ?), Suzan, Violette R.

*... et mes regrets sincères à celles
qui m'ont hélas conforté dans mes opinions*

Adeline G., Albane F. (enseignante qui ne sait que ce qu'elle a appris), Amel, Anna-Maria, Béatrice (j'aurais pourtant cru !), Christiane de R., Coralie, Flora T., Gerlinde H., Hillary (au secours !), Huguette, Kalima, Liliane V. (psychanalyste sans culot), Marie-Laetitia, Morane (quel piège !), Moricette (trop savante pour douter), Ninon, Renata, Régine F. (maître de conférences à Sciences-Po, inapte à remballer ses idées fixes), Siem, Sylviane, Solange J., Yasmine A. (capitonnée de certitudes).

Table

Table 249

Alexandre Jardin
dans Le Livre de Poche

Le Roman des Jardin

Dois-je avouer que, soudain, j'en ai eu assez de me cacher publiquement en écrivant des romans de bon garçon ? Que mes petites épopées sur l'extase conjugale m'ont paru, la quarantaine venue, bien pâlichonnes au regard des folies de ma famille ? Bon sang, me suis-je dit : jusqu'à quand auras-tu peur d'être un Jardin ? Il faut admettre que le sang des Jardin est un breuvage à haut risque. Une gorgée, et bas les masques ! Cap sur les sentiments incorrects ; sur des fièvres bizarres, loufoques, grisantes ; sur ces hurluberlus qui font ma tribu et qui embellirent leur vie de magnifiques audaces… Le résultat est là : dans ce roman vrai, je perce mes abcès de silence. Je vagabonde enfin au sein de ce clan qui, à lui seul, incarne la fantaisie, l'irrégularité en tout et un moment d'incroyable liberté. Pour la première fois, je redeviens un Jardin. Suis-je digne de ces grands fouleurs de principes ? Je leur dois, en tout cas, la meilleure part de ce que je suis.

Du même auteur :

Aux Éditions Grasset

1+1+1,..., *essai.*
LE ROMAN DES JARDIN, *roman* ; Le Livre de Poche
   n° 30772.
QUINZE ANS APRÈS, *roman.*

Aux Éditions Gallimard

BILLE EN TÊTE, *roman* (prix du Premier roman 1986) ;
   Folio n° 1919.
LE ZÈBRE, *roman* (prix Femina 1988) ; Folio n° 2185.
LE PETIT SAUVAGE, *roman* ; Folio n° 2652.
L'ÎLE DES GAUCHERS, *roman* ; Folio n° 2912.
LE ZUBIAL ; Folio n° 3206.
AUTOBIOGRAPHIE D'UN AMOUR, *roman* ; Folio n° 3523.
MADEMOISELLE LIBERTÉ, *roman* ; Folio n° 3886.
LES COLORIES, *roman* ; Folio n° 4214.

Aux Éditions Flammarion

FANFAN, *roman* ; Folio n° 2373.

 **www.livredepoche.com**

- le **catalogue** en ligne et les dernières parutions
- des **suggestions de lecture** par des libraires
- une **actualité éditoriale permanente** : interviews d'auteurs, extraits audio et vidéo, dépêches…
- **votre carnet de lecture** personnalisable
- des **espaces professionnels** dédiés aux journalistes, aux enseignants et aux documentalistes

Composition réalisée par FACOMPO (Lisieux)

Achevé d'imprimer en décembre 2009 en Espagne sur Presse Offset par
LITOGRAFIA ROSÉS S.A.
08850 Gavá
Dépôt légal 1re publication : janvier 2010
LIBRAIRIE GÉNÉRALE FRANÇAISE – 31, rue de Fleurus – 75278 Paris Cedex 06

31/2672/9